어린이 책 번역이 쉽다고?

책고래숲

어린이 책 번역이 쉽다고?

2025년 3월 20일 초판 1쇄 발행
글 김서정 **편집** 김인섭 **디자인** 디자인아프리카
펴낸이 우현옥 **펴낸곳** 책고래 **등록 번호** 제2015-000156호
주소 서울특별시 서초구 강남대로12길 23-4, 301호(양재동, 동방빌딩)
대표전화 02-6083-9232(관리부) 02-6083-9234(편집부)
홈페이지 www.dreamingkite.com / www.bookgorae.com
전자우편 dk@dreamingkite.com
ISBN 979-11-6502-209-9 03800

ⓒ 김서정 2025년

어린이 책 번역이 쉽다고?

김서정 지음

책고래

차례

머리말

이 책의 첫 번째 글을 쓴 게 2005년이었으니, 딱 20년 만에 책으로 나온 셈입니다. 강산이 변해도 두 번이 변할 시기인데(요새는 강산이 십년 만에 변하는 게 아니라 거의 일 년에 한 번씩 변하는 것 같기는 하지만요), 너무 낡은 글을 내놓는 게 아닐까 걱정이 앞섭니다. 세월의 흐름에도 닳지 않는 어떤 심지 같은 게 조금이라도 안에 들어 있다고 독자들이 너그러이 받아들여 주기만을 바랄 뿐입니다.

1991년 러시아 옛이야기를 독일어에서 옮긴 《아침노을 저녁노을》을 받아 안은 뒤 35년 가까운 세월 동안 어린이 책을 번역해 왔습니다. 아마도 500권이 훌쩍 넘을 것 같습니다. 400권까지는 셌는데, 그 뒤로 포기했지요. 그 책을 보관하는 것도 포기했습니다. 이런저런 도서관에 기증하고, 나중에 혹시 필요한 경우가 생기면 새로 사고, 절판되었으면 중고로 구했습니다. 아깝지 않냐, 허전하지 않냐 질문도 받지만 별로 그렇지 않습니다. 책도 자식일진대, 어느 정도 지나면 품에서 떠나보내 자유롭게 살도록 해 주어야지요.

저는 번역이 참 좋습니다. 창작집도 몇 권 내서 '작가'라는 타이틀도 달고 있습니다만, 좋은 책을 많이 번역하다 보니 창작 의욕이 꺾였습니다. 이런 좋은 책을 선보여야지, 부실한 내 창작이 문제가 아니다, 뭐 이런 마음이었어요. 그러니까 작가라기보다는 번역가 체질인 모양입니다.

수십 년간 작가, 평론가, 번역가로서 일해 왔지만 저는 번역가로서 정체성이 가장 강력하게 세워진 듯합니다. 거기에는 아무 불만이 없고, 불만 없는 정도가 아니라 황감한 터이지만, 한 가지 마음 아픈 게 있다면 어린이 책 번역이 너무 쉽게 여겨진다는 점이었습니다. 단어도 쉽고 문장도 짧으니 어려울 게 뭐 있는가, 비쌀 게 뭐 있는가 하는 게 일반인뿐 아니라 일부 어린이 책 관계자들에게도 스며들어 있는 생각인 경우가 없지 않았습니다. 적극적으로 반박할 생각은 아니었지만, 어린이 책 번역과 관계된 글이 모이다 보니 한 번쯤 꺼내 놓아도 좋지 않을까 싶습니다. 어린이 책 번역에 이런 섬세한 묘미가 있다는 점이 조금이라도 알려지기를 바라는 마음입니다.

이 글들은 끌어 주고 밀어준 분들이 아니었다면 나오지 못했을 것입니다. 한국어린이문학교육학회, 한국방송통신대학교 통합인문학연구소, 국립어린이청소년도서관에서 발표 무대에 초대해 준 덕이 가장 큽니다. 관계자 여러분들께 진심으로 감사드립니다. 묻어 두려 작정했던 원고를 기어이 끌어내어 책으로 만들어 준 책고래 우현옥 대표에게는 크게 빚진 심정입니다. 언젠가는 이 빚을 갚을 수 있어야 하는데 말이에요. 두서없는 원고를 손질하고 예쁘게 편집해 준 정설아, 김인섭에게도 감사합니다. 책이 잘 팔려서 보너스라도 줄 수 있어야 하는데…는 그저 희망사항으로만 남겠지요?

사족 한 마디. 저의 번역 인생에서 가장 힘들었던 책이 파울 마르의 《일주일 내내 토요일》이었습니다. 차고 넘치는 독일어 말장난에, 말장난 시까지 난무하니 정말 어려웠지요. 하지만 그런 만큼 보람과 자부심을 안긴 번역이기도 했습니다. 한국에 온 원작자가 번역자를 만나겠다고 한대서 나가 보니, 눈이 둥그레져서 "영어권에서는 번역하다 포기했는데, 희한하게도 일본, 한국, 중국에서는 책이 나왔다! 대체 어떻게 옮긴 거냐?" 묻는 거예요. 그걸 어떻게 설명하나요…. 또 진땀을 뺐지요.

최근에는 베를린에서 철학 교수와 라디오 피디로 일하는 부부를 만났습니다. 부인이 한국 문화에 푹 빠져서 일 년에 한 달은 서울에 머물며 한국어를 배운다는군요.《일주일 내내 토요일》을 번역했다니 역시 눈이 둥그레져서 그게 가능했냐고 묻더군요. 파울 마르를 만난 것도 놀라워하고요. 떠들다 보니 제 자랑을 한 것 같아 머쓱해지는데, 뭐 그래도 자랑스러운 걸 어떡하나요. 부인은《일주일 내내 토요일》을 사 들고 베를린으로 돌아갔습니다. 한국어 열심히 배워서 읽어 보겠다면서요. 번역가 인생에서 가장 기쁜 순간이었습니다. 다른 번역가 여러분들에게도 이런 기쁨과 보람이 넘치기를 바랍니다.

2025. 3.

김 서 정

I

Ⅰ. 그림책의 글은
무엇을 어떻게 말하는가

1. 그림책의 글, 쉽기만 할까?[1]

페리 노들먼 지음, 김상욱 옮김,
《그림책론 어린이 그림책의
서사 방법》, 보림

"그림책은 일련의 많은 그림들이 상대적으로 짧은 글과 결합되거나 아니면 아예 글이 없는 상태로 어떤 이야기를 하거나 정보를 전달하는, 어린아이들을 위한 책이다." 페리 노들먼이 《그림책론》에서 한 말입니다. 그러니까 그림책이 이야기를 하거나 정보를 전달하는 방식은 글로만 구성되어 있는 책과도 다르고, 단 한 점으로 완결되는 그림과도 다르다는 것입니다. 말하는 방식이 다르면 읽는 방식도 달라지지요. 이 글은 그림책이 말하는 방식은 글 책이 말하는 방식과 어떻게 다른지, 그림책의 글은 어떻게 읽어야 하는지를 생각해 보기

---

1) 2005년 어린이문학교육학회의 춘계학술대회에서 발표한 글입니다. '영아 그림책-세상을 보는 창'이라는 테마로, 색깔을 다루는 그림책들을 선정했습니다. 이 책들을 대상으로 그림책작가 한성옥이 그림에 대해, 김서정이 글에 대해, 경동대학교 유아교육과 신혜은 교수가 심리에 대해 연구했습니다. 한북대학교 유아교육과 김민화 교수와 동명대학교 유아교육과 변윤희 교수는 이 책이 현장에서 어떻게 읽히고 아동과 부모에게서 어떤 반응을 끌어내고 있는가를 관찰 조사했습니다.

위한 시도입니다.

　서구에서는 100년 남짓, 한국에서는 20년 남짓한 짧은 그림책의 역사에서 글과 그림의 상호 관계는 괄목할 만한 변화를 보입니다. 초기에는 글이 서사 구축이나 정보 전달을 거의 전적으로 담당하면서 그림은 보조적이거나 장식적인 차원에 머물러 있었지요. 그러나 글과 그림은 상호 보완, 협력 단계를 거쳐, 이제는 그림이 주도적으로 서사를 이끌어 가고 정보를 창출해 내는 그림책도 드물지 않은 단계에 이르렀습니다(데이비드 위즈너, 에릭 로만, 몰리 뱅, 숀 탠, 이수지 등 최근 작가의 작품일수록 그 예를 찾기는 더 쉬워집니다).

　글과 그림이 어울려 독특한 이야기 체계를 만들어 내는 그림책의 세계는 무척이나 다양하고 다기한 양상을 보여 줍니다. 아직 연구되지 않은 동식물이 가득한 정글 같은 이 그림책의 세계에 최근에는 연구자들이 호기심 가득한 탐험가들처럼 뛰어들고 있습니다. 그들은 그림책이 독자들과 커뮤니케이션하는 방식에 관해, 짧은 연구 역사에 비해 풍성하고 다양한 결과물을 보여 줍니다(그 연구의 역사는 서정숙의 「'유기체로서의 그림책' 분석을 위한 기준 연구」이라는 논문에 잘 요약되어 있습니다). 그런데 이 연구 결과들은 주로 글과 그림의 역할 분담 양상, 그것들의 비중 견주기, 상호작용의 메커니즘 등에 초점을 맞추고 있습니다. 그것은 연구자가 어린아이들을 위한 텍스트로서의 그림책이 담고 있는 글과 그림 양쪽 모두의 속성과 기능을 완벽하게 파악하고 있다는 전제 위에서 가능합니다. 그림책을 읽는 독자들도 마찬가지입니다. 전문가처럼 완벽하게는 아닐지라도 그들은 글을 읽고 그 의미를 전달받을 수 있는 정도로 그림도 '읽을' 수 있어야 합니다.

이 전제가 얼마나 충족되어 있는지, 연구자들은 상당히 조심스러운 자세를 내보입니다. 많은 경우 그림책을 탐구하는 사람들은 문학이나 교육학 전문가들입니다. 그림 전문가가 아니라는 자의식이 있는지, 혹은 독자들에게 그림을 읽기 위한 기본 개념을 갖추게 해 주어야 할 필요가 있다고 여기는지, 그들은 그림책을 이야기할 때 그림을 구성하는 요소에 대해 설명하는 경우가 많습니다. 점과 선에 대해서, 채도와 명도에 대해서, 색채에 대해서, 크기와 방향과 구도에 대해서, 위치에 대해서, 여러 가지 미술 기법에 대해서 등등.[2] 그런 요소에 대해 더 많이 알수록 독자는 작가가 그림 안에서 무엇을 이야기하고자 하는지를 더 잘 이해할 수 있다는 것입니다. 말하자면 커뮤니케이션의 현장 안에서 적극적

---

2) 노들먼은 《어린이 문학의 즐거움》에서 그림책에 대해 설명하면서 책의 크기와 모양 등 물리적 포맷이 책에 담긴 내용을 전달하는 데 발휘하는 효과에 이어 색깔, 흑백, 모양과 선, 매체 등이 만들어 내는 무드와 분위기, 다양한 그림 형식을 채택하는 데서 오는 스타일을 설명합니다. 이 설명은 컬리넌(Cullinan)과 갈다(Galda)라는 연구자들이 함께 낸 《문학과 어린이(Literature and the Child)》에서도 비슷하게 되풀이됩니다. 그림책을 이해하려면 기본적으로 이런 조건들을 알아야 한다는 것입니다.

으로 반응하며 의사소통에 성공할 가능성을 높이는 셈이지요.

반면 그림책의 글에 대해서 그림을 읽는 것만큼 그 기본 도구인 언어를 이해하고 분석하는 데 관심을 기울이는 연구는 극히 드문 듯합니다. 글은 누구든 읽을 수 있다고 여기기 때문일 것입니다. 그러나 우리가 글을 읽을 때, 특히 문학 작품의 텍스트를 읽을 때, 단순히 진술에 담긴 표면적인 정보만을 받아들이는 데서 그치고 지나간다면, 얼마나 많은 것을 놓치게 될까요. 그것은 마치 고흐의 〈해바라기〉를 보고 '저것은 해바라기를 그린 그림이다.' 라는 결론만 내린 채 덮어 버리는 것과 같은 일입니다. 우리는 과연 그림책의 글에 관해서는 충분히 알고 있는 것일까요?

그림책의 글은, 단어는 쉽고 문장은 짧고, 똑같은 구절이 반복되는 경우가 많습니다. 사건은 단순하게 평면적으로 전개되고, 어떤 책에서는 사물이 그저 나열되기만 합니다. 그렇게 써야 글을 읽을 줄 모르는 아이들이 잘 들을 수 있고, 글을 갓 읽기 시작한 아이들이 편히 읽을 수 있고, 집중력이 낮은 아이들의 주의를 끌어당길 수 있으니까요. 그래서 그림책의 글 텍스트는 깊이 파고들어 갈 여지가 없는 것처럼 보입니다. 하지만 과연 그럴까요? 그토록 제한된 조건 아래서 깊은 인상과 풍부한 울림을 남기는 그림책이 있다면, 그 글은 오히려 치밀한 계산과 전략 아래 쓰인 것이 아닐까요? 작가 자신이 의식하지 않았더라도 결과적으로 그런 효과를 불러오게 한 메커니즘이 글에 작용하고 있는 것은 아닐까요?

이 글은 그런 의문 아래에서 출발합니다. 그리하여 그림책의 글이 어떤 전략으로 단어를 고르고 문장을 만들어 의미망을 짜고, 어떤 특정 정서를 창출하며 분위기를 형성하는지, 서사를 어떤 방향으로 어떤 강도로 끌고 가는지 등의 문제를 들여다보기를 희망합니다. 이를 위한 도구로는 단어와 문장의 의미는 물론, 형태적·음성적 특질이 있습니다. 우리말은 영어와 달리 수많은 조사와 변화무쌍한 어미가 책 속 인물들 사이의 관계, 화자와 청자 혹은 독자 사이의 관계 설정, 분위기 조성 등에 중요한 역할을 합니다. 반말인지 존댓말인지, 존댓말이라면 '하세요' 체인지 '하십시오' 체인지도 논의의 범주에 들어야 합니다. 인칭이나 시점 문제도 당연히 살펴져야 하고요. 물론 그 과정에서 그림이 함께 언급되는 것은 필요 불가결한 일이지만, 가능한 한 글 자체가 집중적으로 분석될 것입니다.

연구 대상으로 정해진 다섯 권의 그림책은 모두 번역서입니다. 영어 원문, 혹은 영어 아닌 다른 언어가 원문일 경우 가능하면 영어 번역문을 구해서 영어 원문 혹은 영어 번역문과 한국어 번역문을 한 차원에서 검토하려고 했습니다. 영어든 한국어든 언어 자체가 만들어 내는 의미 체계 추적이 이 글의 목표이기 때문에 번역의 옳고 그름, 적절함과 부적절함은 논의의 대상에서 최대한 배제하려고 했습니다.

텍스트를 소리로만 접할 수밖에 없는 아주 어린 독자는 글을 통한 커뮤니케이션 전략이 글자를 읽는 어른, 혹은 좀 덜 어린 독자보다 훨씬 무력합니다. 텍스트의 의미와 뉘앙스 전달, 정서 창출이 전적으로 읽어 주는 어른의 발화 양상에 달려 있기 때문입니다. 어른들이 어떻게 읽어 주느냐에 따라 아이들의 텍스트 이해와 반응과 수용이 달라지는 것입니다. 소리의 높낮이, 리듬감, 강세, 속도 등 음성적 요소를 통한 커뮤니케이션 전략과 그 실천 양상, 그 과정에 작용하는 여러 변수들에 대한 탐색은 또 다른 연구 과제일 것입니다.

2. 그림책 텍스트 읽기 현장

1) 갈색 곰아, 갈색 곰아, 무엇을 보고 있니?
– 텍스트 진행에 주도적으로 참여하는 즐거움

이미 전 세계적인 브랜드가 되다시피 한 에릭 칼이라는 작가의 첫 작품인《갈색 곰아, 갈색 곰아, 무엇을 보고 있니?》는 1967년에 나온 책입니다. 그림책의 역사에서 보자면 중세쯤에 해당되는 시기지요. 그런데 그런 시기에 이렇게 대담한 형태와 색감, 디자인을 보여 주었으니, 반응은 파격적이었습니다. 이후 이 그림책을 길잡이 삼아 새로운 그림책들이 쏟아져 나왔습니다. 그림책 연구자인 서남희는《그림책과 작가 이야기》에서 이 책이 '반복되는 말들, 리듬감 있는 문체, 시원스런 동물들의 그림이 참 매혹적'인, '현대의 고전'이 되다시피 했다고 평가합니다.

이 책은 얼핏, 대단히 단순하고 의미 부여가 쉬워 보입니다. 펼친 페이지마다 큼직하고 선명한 형체, 화려한 색감의 동물들이 한 마리씩 등장

빌 마틴 주니어 글. 에릭 칼 그림. 김세실 옮김. 《갈색 곰아, 갈색 곰아, 무엇을 보고 있니?》. 시공주니어, 2022

합니다. 곰, 새, 오리, 말, 개구리, 고양이, 개, 양, 물고기. 어려울 것도 무서울 것도 없어서 아이들이 쉽게 친근해지고 익숙해질 수 있는 동물이지요. 동물들의 생김새와 색깔에 대해서 알려 주는 데 제격일 듯합니다. 많은 부모가 이 책을 얼핏 보고는 아이에게 상당한 자연과학적 지식을 줄 것으로 기대합니다. 현장 조사 결과 이 책은 지식에 대한 부모의 기대치가 가장 높이 나타났지요.

그러나 자세히 보세요. 여기 나오는 아홉 마리의 동물 중 절반에 가까운 네 마리는 비현실적 동물입니다. 파란 말과 보라 고양이는 세상에 없습니다. 염색을 시키지 않는 한 말이에요. 오리는 노랗고, 양은 까맣습니다. 오리는 원래 노란색이 아니라 흰색이지요? 진흙탕에서 뒹군 뒤라면 또 모를까요. 양도, 돌연변이가 아닌 한 하얀 양이 보통입니다. 검은 양(black sheep)도 있기는 하지만 그 단어는 말썽꾸러기, 골칫덩어리, 악당을 가리키는 비유적 표현으로 더 자주 쓰입니다. 현장 조사에서 '이 책이 아이에게 지식을 주는가'라는 질문 항목에 대한 답변이 읽기 전과 읽기 후의 차이가 현저하게 큰 이유는 아마 이런 비현실적인 색깔의 동물이 많기 때문일 것입니다.

그렇다면 이 책의 의미를 어디서 찾을 수 있을까요. 부모들은 재빨리 미술 분야와 상상력 분야로 초점을 돌립니다. 화려하고 선명하면서도 다양한 색감과 질감이 미술적 감각을 계발해 줄 것

빨간 새야,
빨간 새야,
무얼 바라보니?

나를 바라보는
노란 오리를 봐.

선생님,
선생님,
무얼 바라보나요?

나를 바라보는
아이들을 봐.

빌 마틴 주니어 글, 에릭 칼 그림, 김세실 옮김, 《갈색 곰아, 갈색 곰아, 무엇을 보고 있니?》,
시공주니어, 2022

같고, 파란색 말이나 보라색 고양이 같은 비현실적 존재는 상상력
을 자극하는 데 도움이 될 듯하다는 것입니다. 그런데 글에 초점
을 맞춰 살펴보면, 우리는 그다지 단순하지도 않고, 의미를 찾기
가 쉽지도 않은 진술들과 마주치게 됩니다.

처음에 얼핏 보면 이 글들은 너무나 단순해서 무의미한 듯하며,
심지어는 쓸모없어 보이기까지 합니다. '곰아 곰아 뭘 보니? 새
를 보고 있어. 새야 새야 뭘 보니? 오리를 보고 있어.' 이렇게 줄
곧 나갑니다. 그러니 이런 글은 없어도 책을 읽는 데 아무 지장을
주지 않을 것 같습니다. 그러나 이 그림책은 글 작가의 기획에 의

해 텍스트가 먼저 쓰이고 글 작가에 의해 선택된 그림 작가가 그림을 그려 나온 결과물입니다. 수많은 책에 글을 쓴 이 작가의 작품 중 가장 널리 사랑받는 것으로 알려져 있습니다. 텍스트의 어떤 특성이 그런 매력을 발산하는 것일까요?

곰이 그려진 첫 페이지를 보면, 왼편 위쪽으로 'Brown Bear, Brown Bear, What do you see?' 라는 질문이 던져져 있습니다. 오른편 위쪽으로는 그에 대한 대답으로 'I see a red bird looking at me.' 가 나옵니다. 질문은 아이들의 주의를 끌어당기는 데 효과적으로 쓰일 수 있는 전략입니다. 첫 페이지부터 질문을 던지면 아이들이 긴장한 채 책에 집중할 가능성이 높아집니다. 이 페이지에서는 '여기에 갈색 곰이 있다. 그 곰은 무언가를 보고 있다. 그것은 빨간 새다. 그 빨간 새는 노란 오리를 보고 있다.' 는 요지의 메시지를 전달합니다. 글은 단도직입적인 질문과 즉각적인 대답을 제시하고, 그림은 매력적이면서 다채로운 질감의 색깔과 역동적인 표정의 곰을 대담하게 배치합니다. 그래서 단순한 메시지가 아주 인상적으로 강력하게 전달되지요.

그 뒤로는 같은 패턴의 질문과 대답이 반복됩니다. 두 장면만 보고도 아이들은 이 책이 어떤 패턴으로 이루어져 있는지 간파하고, 다음 질문을 따라서 외친다고 합니다. 다음 페이지에 어떤 동물이 나올지 대답에 제시되어 있기 때문에 아이들은 누구를 부르면서 질문을 던질지 이미 알고 있지요. 그러니 자신 있게 소리를 높일 수 있습니다. "오리야, 오리야, 무엇을 보고 있니?" 이러면서요. 자신이 소리쳐 부른 동물이 다음 페이지에 짠 나오는 것을 보면 아이들은 아주 기뻐합니다. 그 뒤 아이들은 읽어 주는 이의 대답을 귀 기울여 들으면서 다음에 부를 동물을 준비합니다. 그리고 페이지가 넘어가는 순간 입을 여는 것입니다. 이 질문과 대답의 구조는 아홉 마리 동물과 선생, 아이들이 등장하는 동안 굳건히 되풀이됩니다. 변하는 것이라고는 동물의 색깔과 이름뿐입니다. 이런 식입니다.

Brown Bear, Brown Bear What do you see?	갈색 곰아, 갈색 곰아 무엇을 보고 있니?
I see a red bird looking at me.	나를 바라보는 빨간 새를 보고 있어.
Red Bird, Red Bird What do you see?	빨간 새야, 빨간 새야 무엇을 보고 있니?
I see a yellow duck	나를 바라보는

looking at me.	노란 오리를 보고 있어.
(......)	
Goldfish, Goldfish	물고기야, 물고기야
What do you see?	무엇을 보고 있니?

어른들이 보기에는 지루하고 따분할 수 있지만, 좋아하는 일을 반복하는 것에 결코 싫증 내지 않는 아이들에게는 오히려 대단히 역동적이고 생산적인 구조로 비칠 수 있습니다. 적극적으로 끼어들어 이야기 전개에 함께 참여할 수 있기 때문입니다. 이 책의 텍스트는 그런 메커니즘을 이용하여 아이들의 참여를 십분 이끌어내고 흥미를 지속시키는 데 성공하고 있습니다.

글의 리듬감 또한 아이들의 참여를 자극하는 요소입니다. 두 박자의 빠르고 강한 비트를 넣어 'Brown Bear / Brown Bear / What do you / see—, / I— see a / yellow duck / looking at / me—' 하고 읽을 때 발생하는 활기는 아이들을 충분히 즐겁게 만들어 줍니다. 박자 초반에 악센트가 규칙적으로 들어가서 마치 행진곡 같은 느낌도 듭니다. 이에 비해 한국어 번역에서는 리듬감이 좀 달라집니다. 읽는 사람에 따라 달라지겠지만 나에게서는 이런 리듬과 악센트가 나옵니다. '**갈색** 곰아 / **갈색** 곰아 / **무엇**을 / 보고 있니 / **나**-를 / 바라보는 / **빨간** 새를 / 보고 있어.' 조사나 어미 같은 부가 요소들이 들어가서 음절이 늘어나니 속도감이 약간 떨어집니다. 악센트도 조금 덜 들어갑니다. 더 부드러운 느낌입니다. 그러니 행진곡이라기보다는 가보트[3] 같다고 할 수 있을까요?

영문에서는 'What do you see?' 라는 질문에 대한 대답으로 'I see a red bird.' 하면서 즉각 대상 동물이 등장합니다. 하지만 번역이 되면 '나를 바라보는' 이 먼저 나오고 '빨간 새를 보고 있어.' 가 나중에 나옵니다. 이렇게 형용사구가 끼어드는 것도 질문과 대답의 반복이 즉각 속도감 있게 앞으로 나가기보다는 살짝 뒤로 물러섰다 나가는 듯한 리듬감을 줍니다. 역시 행진곡이라기보다는 춤곡 같지요. 아이들이 발음하기 힘든 ㅅ 소리, 딱딱한 ㄱ 받침(갈색 곰아, 갈색 곰아), 영어에 비해 훨씬 음절이 많아지는 색깔이나 동물의 이름들('green frog, green frog' 와 '초록 개구리야, 초록 개구리야'를 비교하며 발음해 보세요)에 오면 리듬은 또다시 늘어집니다. 아이들은 아무래도 노래 부르듯 텍스트를 외치며 참여하기가 쉽지 않습니다. 이 책이 영어권에서만큼 폭발적인 인기를 한국에서

---

3) 4/4박자 혹은 2/4박자의 춤곡입니다.

누리지 못한다면, 그 이유는 상당 부분 이런 음성적 요인에 있을 것입니다.

　동물이 계속 등장하면서 지속되던 강렬하고 단순한 리듬은 어느 순간 변합니다. 바로 선생님이 등장하는 장면입니다. 그림이 주는 시각적 리듬은 동물에서 인물로 넘어오며 흔들립니다. 글이 주는 리듬에는 형용사+명사의 조합에서(I see a green frog) 형용사가 떨어져 나가고 명사만 남으면서(I see a teacher) 빈틈이 생깁니다. 그러나 이 빈틈은 앞 페이지에서 이미 형용사와 명사가 한 단어 안에 들어 있는 셈인 (I see a) goldfish라는 완화 장치를 거친 후이기 때문에 그다지 파격적이지 않습니다. 변화는 그렇게 단계적으로 진행됩니다.

　동물들은 언제나 한 마리씩만 나왔습니다. 그런데 아이들은 한꺼번에 여러 명이 등장합니다. 분위기가 훨씬 고조되지요. 그리고 마지막 페이지에서는 앞에 나왔던 동물이 모두 함께 제시됩니다. 일종의 클라이맥스를 이루는 셈입니다.

I see a teacher	나를 바라보는
looking at me.	선생님을 보고 있어.
Teacher, Teacher	선생님, 선생님

What do you see?　　　무엇을 보고 있나요?

I see children　　　　나를 바라보는
looking at me.　　　　아이들을 보고 있단다.

Children, Children　　얘들아, 얘들아
What do you see?　　　무엇을 보고 있니?

We see a brown bear, red bird, yellow duck,

　　　　갈색 곰, 빨간 새, 노란 오리

blue horse, green frog, purple cat,

　　　　파란 말, 초록 개구리,

　　　　보라 고양이,

white dog, black sheep, goldfish

　　　　하얀 개, 까만 양, 금빛 물고기

and a teacher looking at us.

　　　　그리고 우리를 보고 있는

That's what we see.　선생님을 보고 있지.

　　　　우리가 보는 게 바로 그거야.

그동안 음성적으로만 텍스트에 참여했던 아이들은 이제 시각적으로도 확실한 참여 의식을 느낄 수 있게 됩니다. 앞 페이지의 여러 아이, 마지막 페이지의 여러 동물은 어떤 통합의 현장을 아이들에게 보여 주는 것입니다. 그림과 글 모두에서 그렇습니다. 문장의 주어는 '나'와 '너'에서 '우리'로 변합니다. 하나씩 하나씩 소개되던 색깔은 아이들의 얼굴에, 옷에, 머리카락에 모두 함께 녹아 있습니다.

그동안 나와 너만 외치고 하나만 알던 아이들은 그것이 모여 우리가 되고 어떤 집합이 된다는 것을 깨닫게 됩니다. 그 집합은 어떠한 선입견이나 편견도 심어 주지 않고 어떤 편 가르기도 하지 않습니다. 선생님의 모습이 성별이나 나이를 짐작할 수 없게 그려진 이유는 그런 것이 아닐까요. 우리는 색깔을 하나의 이름으로 부릅니다. 하지만 이 그림의 색깔들은 이름은 하나여도 내용은 굉장히 많습니다. 고양이의 보라색은 수많은 다른 채도와 명도와 매체와 기법에 의한 미묘하고 세밀한 차이를 다 담고 있습니다. 보라색이 이렇게 서로 다르고 다양할 수 있다는 것을 보여 주지요. 그런데 아이들의 얼굴에는 여러 가지 색깔이 뒤섞여 있습니다. 보라색, 노란색, 초록색, 분홍색이 아이들 얼굴에 다 담겨 있는 것입니다. 완전히 총천연색입니다. 이런 총천연색 얼굴의 아이들, 보라 고양이와 파란 말 같은 비현실적 동물들이 현실의 동물들과 어우러진 모습에서, 우리는 부지중에 서로 다른 모든 것을 포용하는 통합의 감각을 익히게 됩니다.

그렇게 다름과 차이를 자연스럽게 받아들이게 하는 능동적인 도구는, 이 텍스트의 주요 화소인 '보다' 라는 동사입니다. 같은 '보다' 라는 의미를 가진 말이지만, 질문에서는 see가 사용되고 대답에서는 look at이 쓰입니다. 작가는 왜 이런 전략을 사용했을까요? 똑같은 단어를 되풀이하는 것을 피하고 말의 리듬에 변주를 넣기 위해서라는 표면상의 수사적 이유 외에 더 심층적이고 심리적인 이유는 없을까요?

look은 어떤 의도와 목표 아래 무엇인가를 정해 놓고 주시하고 응시하는 자세를 연상시키는 단어입니다. 찾다, 생각하다, 조사하다 등 분석하고 탐구하는 자세가 개입된 적극적인 사고 행위를 나타낼 때는 look이 자주 쓰입니다. 이에 비해 see는 깨닫다, 이해하다, 받아들이다, 관망하다 등 좀 더 열려 있으면서도 사색적이고 내적인 관조 행위를 떠올리는 의미를 더 많이 가지고 있습니다.

이런 차이를 적용하여 텍스트의 질문과 대답을 재구성해 볼까요. 누군가 곰에게 '뭐가 보이니(What do you see)?' 하고 묻습니다. 곰이 무심코 눈앞을 둘러보자 '빨간 새가 눈에 띕니다(I see a red bird).' 그런데 그 빨간 새는 자신을 힘찬 눈으로 가만히 응시하고 있습니다. 곰은 '빨간 새가 나를 주시하고 있다(a red bird looking at me).'⁴⁾ 는 것을 깨닫습니다. 그렇게 수동적인 관조와 적극적인 주시의 두 시선이 합해지는 순간 자기를 향하고 있는 빨간 새라는 존재가 곰의 뇌리에 각인되면서 둘 사이에 특별하고 긴밀한 연관 관계가 형성될 수 있습니다.

그런데 그 관계는 폐쇄적인 상호 관계가 아니라 밖을 향해 긴 연결 고리를 계속 만들어 나가는 열린 관계로 퍼져 갑니다. 새는 다시 자신을 응시하는 노란 오리의 존재를 깨닫고, 노란 오리는 파란 말을 받아들입니다. 그렇게 해서 동물과 인간의 차이, 어른과 아이의 차이, 현실과 비현실의 차이, 색깔의 차이를 뛰어넘는 하모니의 현장이 발생되는 것입니다. 이 메커니즘이 아이들에게 입을 맞춰 소리 높여 글을 한목소리로 외치게 하고, 그러면서 하나 안의 다양성, 다양한 여럿이 하나로 합해짐 같은 통합 감각을 깨우칩니다. 이 색깔 그림책은 그것을 말해 줍니다.

2) 우리 엄마 어디 있어요?
–사건을 이야기하는 그림. 상황을 묘사하는 글

"글의 기능은 원초적으로 이야기하는(narrate) 것, 즉 서사이다.

---

4) 텍스트가 이렇게 말합니다. 그림에서는 주시의 대상이 곰이라는 것을 확인할 수 없다는 빈틈이 있습니다. 그 빈틈을 메우는 것이 글입니다.

그림의 기능은 묘사하고(describe) 재현 하는(represent) 것이다." 니콜라예바와 스콧의 책《그림책을 보는 눈》에 나 오는 대목입니다. 이 말은 그림책의 글과 그림이 각각 담당하는 기능에 대한 가장 기본적이고 보편적인 설명 일 것입니다. 그러나 반드시 그렇지 만은 않습니다. 오히려 그림이 사건 을 이야기하고 글이 상황을 묘사하는

히도 반 헤네흐텐 글 · 그림, 서 남희 옮김, 《우리 엄마 어디 있 어요?》, 한울림어린이, 2004

경우도 있습니다. 그러면서 그림책의 세계는 한층 다채로워집니 다. 그 예로 들 수 있는 책이《우리 엄마 어디 있어요?》입니다.

　이 책을 글 없이 그림만 읽는다고 생각해 볼까요. 표지에는 커 다란 물고기와 작은 물고기가 서로 얼굴을 마주 보며 정답게 웃 고 있습니다. 둘 사이의 관계가 엄마 혹은 아빠와 아기라는 것은 어렵지 않게 짐작할 수 있지요. 특수한 경우를 빼놓고 이런 경우 어른은 대부분 엄마입니다. 그러니까 이 책은 엄마와 아기 사이 의 어떤 일을 그리는 내용일 것입니다.

　첫 페이지를 펼치면 아기 물고기 혼자입니다. 아기는 눈물을 한 방울 매단 채 어디론가 가고 있습니다. 표지에 있던 엄마가 여기 에는 없는 것을 보니, 아마 어디선가 길을 잃고 엄마와 헤어진 모

양이에요. 아기가 울며 엄마를 찾아 헤매는 거라고 짐작할 수 있습니다.

다음 페이지에는 커다란 빨간 게와 아기 물고기가 나옵니다. 계속해서 아기 물고기는 주황색 불가사리, 노란색 달팽이, 초록색 거북…… 등의 바다 생물과 마주칩니다. 그러는 내내 아기 물고기는 약간의 호기심 혹은 놀라움 혹은 두려움을 표명하는 얼굴입니다. 그리고 마지막 장면에서 다시 엄마와 아기는 얼굴을 마주하고 있습니다. 그러니까 엄마를 잃어버린 아기 물고기가 여기저기 찾아 헤매면서 이런저런 바다 생물을 만나다가 결국 엄마를 다시 찾는다는 내용이겠지요.

그림만으로도 이토록 충분히 사건이 전달될 수 있으니 글은 필요 없어 보입니다. 이 책에 글이 굳이 들어가야 할 이유가 있을까요? 의문이 생깁니다. 텍스트를 읽으면 더욱 그렇습니다. 그림에 없는 어떤 새로운 정황이나 사건을 첨부하는 것이 아니라, 그림을 그대로 따라가면서 상황을 설명하고 있습니다. 색깔의 이름이나 바다 생물들의 이름을 알려 주는 정보적 기능을 글이 필요한 이유로 댈 수도 있겠지요. 하지만 이 책이 독자로 상정하는 '0~3세 아이'에게 글자는 어차피 그림과 마찬가지로 낯선 기호일 뿐입니다. 책을 읽어 주는 어른에게는 굳이 글로 기록해 주지 않더라도 다 알려져 있는 정보입니다. 이런 책에서 글은 어떤 기능을 할 수 있을까요?

홍미롭게도 이 책의 다른 언어 텍스트는 두 가지 판본을 얻을 수 있었습니다. 둘 다 영어입니다. 이 책의 작가는 벨기에 사람인데, 벨기에는 네덜란드어, 프랑스어, 독일어가 공용 언어라고 합니다. 원제인 'Klein wit visje'로 미루어 짐작컨대, 원 텍스트는 네덜란드어인 것 같습니다. 두 영어 판본 중 하나는 책으로 나오기 전의, 아마도 네덜란드어에서 직접 번역했음직한 초벌 번역 일차 텍스트입니다. 거의 네덜란드어를 그대로 옮긴 거라고 볼 수 있을 것 같습니다. 다른 하나는 완성된 영어 판본에 수록된 이차 텍스트입니다. 두 영어 텍스트가 서로 꽤 다른 점을 보입니다. 그 두 텍스트와 한국어 텍스트, 이 세 가지를 서로 비교해 보았습니다. 그러자 글이 필요 없어 보이는 책에서 글이 담당할 수 있는 기능이 선명히 드러납니다. 결론부터 말하자면 글이 묘사하고 설명하는 것입니다.

아기 물고기 하양이가 눈물을 흘리며 어디론가 가고 있는 첫 장면의 텍스트를 비교해 볼까요. 책으로 나오기 전의 영문 글입니다.

① Little white fish is in tears.

It can't find its mommy.

책으로 나온 뒤의 글은 아래와 같이 달라져 있습니다. [5]

② Little white fish is crying.

His mommy is missing!

Where can she be?

한국어 번역문은 ②를 충실히 옮기는 편입니다.

③ 아기 물고기 하양이가 울고 있어요.

엄마를 잃어버렸어요. 엄마는 어디 있을까요?

①에서는 작고 하얀 물고기가 '눈물을 흘리고(in tears)' 있지만 ②에서는 '우는 중(crying)'입니다. 눈물을 흘리는 행위는 슬픔이 정적이고 내면적인 상태로 소리 없이 표현되는 무드를 조성합니다. 그에 비해 운다는 말은, 슬픔을 참거나 적당히 조절하는 것이 아니라 보다 활발히 적극적으로 표출하는 상황을 연상시킵니다. 게다가 운다는 말은 청각까지 자극합니다. 소리 없이 울 수도 있

---

5) 영어 판본 책을 직접 보지는 못했습니다. 텍스트만 따로 프린트 본으로 받았습니다. 초벌 번역 텍스트와 글자 모양을 달리해서 구분하고 싶었지만, 글자의 모양에 따라 글이 주는 뉘앙스도 현격하게 달라집니다. 확인하지 못한 요인을 분석 대상으로 삼을 수 없어 밑줄을 치는 것으로 그칩니다.

지만, 대체로 '눈물을 흘린다.'가 아니라 '운다.'는 표현을 쓸 때에는 소리 내어 운다는 개념이 따라 나오기 때문입니다. ②에서는 소리친다는 의미까지 담고 있는 cry라는 단어를 사용함으로써 이 청각적 느낌을 더욱 공고히 해 줍니다.

①은 작고 하얀 물고기를 받는 대명사 it, 즉 '그것'을 씀으로써 그 물고기를 의인화시키지 않고 사물화시킵니다. 그에 비해 ②에서는 물고기가 he가 됨으로써 성적인 정체성을 얻고 그리하여 훨씬 더 인간화됩니다. 어떤 표현이 아이들로 하여금 물고기와 자신을 동일화시켜 이야기에 더욱 깊이 빠져들게 만들 수 있는지는 자명합니다. 한국어에서는 인칭대명사를 잘 쓰지 않기 때문에 한국어 번역본은 그런 장치에 허술할 수 있는 약점을 안고 있습니다. 하지만 그것은 다른 방식으로 보완, 강화됩니다. 영어 판본에서는 그저 '작고 하얀 물고기'로 칭하는 데 비해 '하양이'라는 이름을 붙여 주는 것입니다. 이름이 불리는 물고기는 그냥 물고기에서 개별 인격을 가진 존재로 부각됩니다. 그래서 아이들이 물고기를 의인화시켜 동일시, 친근시할 수 있는 기제는 한국어 판본이 가장 강력해 보입니다. '하양이'라는 글자 안에 네 개나 들어 있는 닿소리 ㅇ은 그림 속 동그란 물고기의 모양을 그대로 재현하면서 글과 그림 사이의 친화력을 강화시키고, 물고기의 개성을 부각시킵니다.

①에서는 '작고 하얀 물고기가 눈물을 흘린다. 그것은 그것의 엄마를 발견할 수 없다.' 는 침착한 서술이 나옵니다. 이런 서술은 그림의 분위기를 상당히 긴장되고 심각한 것으로 가라앉히며, 물고기와 아이의 동일시를 어렵게 함으로써 책과 독자 사이에 묵직한 거리감을 만들어 냅니다. 그러나 ②의 서술은 완전히 다른 분위기를 형성합니다. crying, missing으로 각운을 맞춘 리듬감 있는 동요적 구문이 나오지요. crying에서는 울음소리가 들리는 듯합니다. missing!의 마침표는 뭔가 가슴이 쿵 내려앉으면서 '큰일 났네!' 하는 느낌을 줍니다. 이런 장치들을 통해 글은 활기와 탄력을 받습니다. 그리하여 어린 물고기가 엄마를 잃어버린 사건을 흥미로운 모험과 탐험으로 이끌어 갈 수 있는 여지를 만들어 줍니다.

①은 '작은 물고기가 엄마를 찾을 수 없어 눈물을 흘린다.' 는 내용으로 진술을 마칩니다. 하지만 ②는 거기에 한 문장을 덧붙입니다. 'Where can she be?' ①에 비해 아이가 두리번거리면서 엄마를 찾으러 나서려는 마음가짐이 느껴지지요? 이런 상황에서 아이의 그런 마음을 나타내는 말은 수십 가지로 나올 수 있을 것입니다. 우선 얼핏 떠오르는 문장들은 '엄마가 보고 싶다.', '엄마를 찾아야 한다.', '엄마를 찾으러 가자.', '엄마, 어디 있어?', '엄마는 어디에 있을까?', '엄마는 어디로 갔을까?' 등이 있습니

다. 작가는 그중에서 '엄마는 어디에 있을까(Where can she be)?'라는 의문문을 택합니다. 많은 가능성 중에서 이 문장을 선택한 이유는 무엇일까요?

여기서 ②의 의문문(엄마는 어디에 있을까요(Where can she be)?)과 ①의 평서문(엄마를 찾을 수 없어요(It can't find its mommy))의 차이를 발견할 수 있습니다. 의문문은 평서문에 비해 그 문장을 말하는 해당 캐릭터가 보다 적극적이고 활동적인 상태에 있음을 시사합니다. 그는 엄마를 발견할 수 **없다**고 부정적으로 단정하는 데서 그치지 않습니다. 엄마를 보고 싶다는 자신의 심적 상태를 토로하는 데서 그치지도 않습니다. 대신 엄마의 소재에 대해 궁금해하는 호기심과 탐구심을 발휘합니다.

이 탐구심은 보이지 않는 엄마를 향해 어디 있는지 헛되이 묻는 소극적 질문(이를테면 Mommy, where are you?)과 다릅니다. 엄마를 발견**해야 한다**(이를테면 It should find it's mom)는 조바심이나 강박도 없습니다. 그것은 자유로운 탐색으로 이어집니다. '엄마는 어디에 있을 수 있을까?'에 쓰인 can은 가능성, 개연성과 연결되어 있는 긍정적인 뉘앙스를 전달함으로써 엄마가 없어진 데 대한 아이의 불안감을 적극적으로 누그러뜨려 주는 역할을 합니다. 엄마가 어디로 **갔을까**가 아니라 어디에 **있을까**를 택한 것은, 엄마가 능동적으로 아이를 버리고 간 것이 아니라 어딘가에 그냥 그 상태로 있다는 존재 확인을 아이들에게 해 주기 위해서입니다. 결국 이 장면의 글은 눈물을 흘리면서 고개를 약간 숙인 채 홀로 어디론가 가고 있는 아기 물고기의 불안하고 슬픈 정황을 적극적이고 활기찬 탐색의 장으로 띄워 올려 줍니다. 그와 동시에 어린 독자들이 적절한 긴장과 흥미를 유지하며 그 탐색에 동참할 수 있는 계기를 마련해 주는 장치인 것입니다.

이후에는 아기 물고기가 마주치는 생물체에 대한 탐색적 질문과 대답을 통해 그것이 엄마인지 아닌지를 확인하는 장면들이 이어집니다. 이것이 이 책의 중심 주제, 즉 변별과 판단입니다. 아기 물고기는 상대의 형상을 확인하면서 그것이 엄마인지 아닌지를 가려내야 합니다. 이때 '그렇다, 아니다' 를 가리는 중요한 기준이 되는 것이 색깔과 형태지요. 각 텍스트는 이런 차이를 나타냅니다.

① Is this the mommy of little white fish?

No, this is a crab, and it is red.

② Is this Little white fish's mommy?

No, it's a red crab.

③ 어! 하양이의 엄마일까요?

　아니에요, 빨간색 게예요.

　①의 텍스트는 형태와 색깔이 별개의 요소인 듯한 느낌을 줍니다. '그것은 게다, 그리고 그것은 빨간색이다.' 의 두 문장으로 나뉘어 있어서 그렇습니다. 이때 접속사인 and는 '게다가' 의 뉘앙스를 풍깁니다. 게는 게의 형태라는 것만으로도 아기 물고기의 엄마가 아니라는 것이 판별됩니다. 색깔은 부차적인 요인이지요.

　②로 오면 색깔은 형태와 함께 집합적 기준이 됩니다. 빨간색과 게는 한 덩어리가 되어 그것이 엄마인지 다른 어떤 것인지를 판별할 수 있게 해 주는 것입니다. ③의 우리말은 역시 ②를 충실히 따르지만, '빨간 게' 가 아니라 '빨간색 게' 로 표현하여 색깔과 형태 사이의 거리를 조금 띄워 놓습니다.

　영어는 red, blue, yellow 같은 하나의 단어가 명사(빨강, 파랑, 노랑)와 형용사(빨간, 파란, 노란)의 기능을 동시에 하면서 자유롭게 적용됩니다. 영어에 비해 한국어는 그런 넘나듦이 불규칙한 경향을 보입니다. 몇 가지 색깔은 명사와 형용사 사이의 경계가 뚜렷합니다(빨강-빨간색/빨간, 파랑-파란색/파란, 하양-하얀색/하얀). 어떤 경우에는 '색' 으로 끝나는 확연한 명사형 단어이면서도 형용사 위치에 놓일 수도 있습니다(갈색 곰, 회색 여우). 그런가 하면 '색' 이 붙기도 하고 생략되기도 하면서 명사로도 쓰이고 형용사로도 쓰이는(보라색 문어/보라 고양이) 경우가 있는 것입니다. 좀 복잡한 설명이 됐습니다만, 간단히 정리하자면 이렇습니다. 영어의 red crab은 우리말로 빨간 게, 빨강 게, 빨간색 게 등으로 운용의 폭이 넓어진다는 것입니다. 그중 무엇을 선택하는지에 따라 문장의 시각 자극과 청각적 감각이 미묘하게 차이가 납니다. 텍스트 전체 뉘앙스의 차이를 만들기도 하고요. 그림책의 글을 쓰거나 번역할 때는 그런 점을 잘 살펴야 하겠지요.

확고하게 되풀이되는 틀의 문장으로 엄마 찾기 작업을 계속해 나가던 텍스트는 중반 이후 조금 달라집니다. 결말을 향해 가면서 약간의 파격이 생기는 것입니다. 고래가 나오는 페이지를 볼까요.

① And that one there, is that the mommy of little white fish?

No, certainly not, that is a whale, it is blue.

② Can this be Little white fish's mommy?

No, definitely not, this is a big blue whale!

③ 어! 하양이의 엄마일까요?

아니에요, 커다란 파란색 고래예요.

  'Is this---?'로 일관하던 ②의 질문에 변형이 생깁니다. 일종의 변주가 행해지는 것입니다. 이 대목에서 리듬과 멜로디가 약간 달라집니다. 익숙하게 되풀이되는 패턴에 젖어 있던 독자들은 뭔가 정신이 듭니다. '이것이 작고 하얀 물고기의 엄마일 수 있을까(Can this be Little white fish's mommy)?'라는 질문은 강한 반어법입니다. '그럴 리가 없다'라는 단정이 이미 숨어 있는 것입니다. 역시, 대답에도 변주가 행해집니다. definitely라는 부사가 첨가되는 것입니다. '아니야, 말도 안 돼!'라고 아기 물고기는 강하게 부정하는 셈이지요.

  그 뒤로도, 이전까지는 볼 수 없던 크기에 관한 형용사가 덧붙여집니다. 그것은 커다란 파란 고래라는 것입니다. 판별의 기준에 형태와 색깔 외에 크기라는 기준이 첨가되었지요. 엄마가 아닌 게 너무나 결정적이어서 질문할 필요조차 없어 보이는 상황을 글은 강력한 반어법으로 표현합니다. 왜 이런 장치가 들어갈까요? 이 애교스러운 악센트 장면으로 인해 아기 물고기가 엄마를 찾아다니는 과정을 독자들이 가볍고 흥미로운 모험이라고 느낄 수 있기 때문이 아닐까 합니다.

  앞의 질문을 똑같이 되풀이하는 ③의 번역에는 이 뉘앙스가 빠

져 있는 듯합니다. 아마도 '엄마일 수 있을까?'라는 문형이 우리
말 감각에 그다지 자연스럽게 어울리지 않는 탓일 것입니다. 이
런 경우에는 원문을 충실히 옮기기보다 그 뉘앙스를 전달하는 의
역을 시도해 봄직합니다. 질문에서의 애교스러운 악센트와 반어
법, 대답에 실려 있는 강력하고 단호한 부정의 느낌을 살려 주는
것입니다. '설마 이게 하양이의 엄마는 아니겠죠? / 에이, 아니
죠. 커다란 파란 고래예요.' 정도면 어떨까요?

아기 물고기가 엄마와 만나는 마지막 장면은, 알록달록 화려한
색감만큼이나 어감도 화려합니다.

① That is MY mommy! little white fish smiles.

　 My mommy has all the colors of the rainbow.

② "Hurray!! Here's my mommy!" cries Little white fish happily.

　 "My mother is every color in the rainbow."

③ "야, 엄마다!" 하양이가 기뻐서 소리쳤어요.

　 "우리 엄마는 알록달록 무지개 물고기야!"

②에서는 엄마를 만난 아기 물고기의 기쁨이 마치 작은 폭죽

이 터지듯 화려하고 활기차게 나타납니다. ‘Hurray!! Here's my mommy! cries Little white fish happily.’ 라는 문장을 보세요. hurray, here, happily 등의 단어에서 ㅎ이 연속적으로 나오는데, ㅎ의 음가는 상당히 힘차면서 어떤 상승의 기운을 가지고 있습니다. cry라는 단어에서는 외치는 소리가 들리는 듯합니다. 그리고 느낌표가 두 개나 있지요. 이런 요소들이 화려함과 활기와 기쁨을 전합니다. 따옴표를 사용해서 이 행복에 찬 외침이 아기 물고기의 입에서 직접 터져 나온다는 것을 증명하는 전략도 상당히 효과가 있습니다.

그에 비해 ①의 ‘That is MY mommy! little white fish smiles.’ 라는 문장은 그만큼 들뜨고 행복한 분위기를 연출하지 않습니다. 저것(that)이라는 단어에서는 물리적 거리감이 생깁니다. 엄마는 여기 내 바로 앞이 아니라 저기 저쪽에 있는 것입니다. 엄마(mommy)가 아니라 내(MY)가 강조되어 있으니, 엄마를 만난 반가움이 바로 터져 나오는 게 아니라 내 엄마인지 아닌지를 가려내야 했다는 사유적 거리감도 생깁니다. 여기에 엄마를 발견한 아이가 미소(smile)를 지었다고 하니, 분위기는 훨씬 차분해집니다. 아기 물고기의 기쁨은 정적이고 내적인 것으로 가라앉아 있는 것 같습니다.

같은 그림이라도, 같은 사건과 상황이라도 단어 몇 개를 어떻게 달리 사용하는지에 따라 책 전체의 뉘앙스가 이렇게 달라집니다. 엄마를 바로 눈앞에서 찾은 기쁨이 단숨에 폭발하는지, 저쪽을 바라다보며 미소를 살짝 짓는 정도로 흘러나오는지, 그런 차이가 생기는 것입니다. 그림책의 글은 그래서 단어 하나, 조사 하나, 문장부호 하나까지 각별히 다루어져야 합니다.

3) 두드려 보아요
─색깔이 끌어내는 역동적 리듬감과 깊은 공간감

이걸 색깔 그림책으로 간주할 수 있을까? 그런 의문이 제기된 유일한 책이 《두드려 보아요》였습니다. 처음 보았을 때 선뜻 색깔 책으로 분류하기가, 아주 잠깐 동안이나마 망설여졌던 것은 사실입니다. 그 이유는 무엇이었을까요?

가장 큰 이유는 아마도 이 책에서 제시되는 파랑, 빨강, 초록, 노랑, 하양이라는 색깔들이 우리가 무의식적으로 즉각 받아들일 수 있는 기호나 상징 기제로 쓰이지 않았기 때문일 것입니다. 말하자면 파랑에는 우리가 흔히 떠올리는 바다나 하늘이 없고, 빨강은 장미나 스카프나 풍선의 색깔도 아니고, 초록에는 풀밭도 나오지 않으며, 하양은 구름이나 손수건의 색도 아닌 것입니다. 그렇다고 뭔가 심리적인 의미가 있어 보이지도 않습니다. 우리가 흔히 파랑과 연관 짓는 뭔가 안정적인 상황, 혹은 우울한 정서를 대

변하지 않습니다. 마찬가지로 빨강
도 열정적이고 즐거운 분위기를 이루
지 않습니다. 그 색깔들은 그저 '문'
에 칠해져 있을 뿐이며, 파란 문을 열
고 들어가면 방을 온통 어질러 놓고
북을 치는 아이, 빨간 문 뒤에는 당근
과 상추를 먹고 있는 토끼, 초록 문 뒤
에는 방석을 던지며 노는 원숭이, 노
란 문 뒤에는 꽃에 물을 주는 난쟁이
와 밥을 먹는 고양이, 하얀 문 뒤에는

안나 클라라 티돌름 글 · 그림,
《두드려 보아요》,[6] 사계절,
2007

이를 닦거나 침대에서 자는 곰… 이런 식입니다.

　대체 이 책에서 색깔은 무슨 의미가 있으며, 독자에게 무엇을
전달할 수 있을까? 이상하기 짝이 없었습니다. 이런 의문 때문에
오히려 이 책은 색깔 책으로서의 분석 대상에 들어갔습니다. 어
쨌거나 색깔이 글에서나 그림에서나 결정적인 모티프로 작용하
고 있기 때문입니다. 색깔 이야기인 듯 아닌 듯 혼란을 일으키는

---

6) 이 책에는 옮긴이의 이름이 없습니다. 출판사에 문의했지만 거기에도 자료가 남아 있지
않다는 대답을 들었습니다. 당시에는 '편집부 옮김'도 드물지 않았는데, 아마 그런 경우인
듯합니다. 글 없는 그림책에 제목과 작가 소개만 옮겨도 역자 이름이 올라가는 요즘과 참
많이 달랐지요.

아무도 없나요?
아니에요. 달님이 있어요.

집에서 나와
밖을 보아요.

누가 있어요?
꼬마 미카엘!

여기저기 어질러 놓고는
북을 치고 있군요.

안나 클라라 티돌름 글 · 그림, 《두드려 보아요》, 사계절, 2007

흔치 않은 방식으로 색깔을 이야기하면서, 어떤 흔치 않은 정서나 감각이나 시각을 깨우칠 수 있을까? 그것이 궁금했습니다.

앞의 두 책과 마찬가지로 이 책 역시 그림만으로도 내러티브가 성립됩니다. 글이 몇 줄 없기도 하지만, 그나마 있는 글도 아무 역할을 하지 않는 것 같습니다. 표지에서 뒷모습만 보이는 어린 사내아이는, 그 뒤로는 다시 모습을 드러내지 않습니다. 하지만 그 아이는 책장을 넘기면 나타나는 문을 두드려 그 안으로 독자를 이끄는 인도자입니다. 독자는 아이를 따라 문을 열고 들어갑니다.

문 뒤의 풍경은 앞서 설명한 대로입니다. 이 풍경들 사이에는 어떤 서사적 연결 고리도 없어 보입니다. 일정한 주인공도 없고, 등장인물들 사이의 상호연관성도 없습니다. 대체 북 치는 아이, 당근 먹는 토끼들, 방석 던지는 원숭이들, 잠자는 곰들 사이에 무슨 관계가 있어서 어떤 이야기를 만들어 내는 것일까요. 결론부터 말하자면, 이 책에는 우리에게 익숙한 구조의 서사가 없습니다. 인과관계나 기승전결에 의해 진행되는 이야기가 없다는 것입니다. 독자의 눈앞에는 다만 몇 개의 서로 동떨어진 풍경만이 펼쳐질 뿐입니다.

그런데 그 몇 개의 풍경을 하나로 잇는 연결 고리가, 바로 문입니다. 문을 열면 방이 나오고, 또 문을 열면 또 방이 나옵니다. 그리고 그 문은 어딘가 바깥에서 뚝 떨어진 것이 아니라 바로 그 방 안에 있는 문입니다. 방 안의 문 뒤의 방 안의 문 뒤의 방… 이런 식입니다. 그러니 문은 아주 중요합니다.

또 다른 연결 고리는, 바로 색깔입니다. 파란 문의 뒤 방 안에는 빨간 문이 있고, 다음 장면에서는 빨간 문이 열리게 되어 있습니다. 빨간 문의 뒤 방 안에는 초록 문이 있고, 다음 장면에서는 초록 문이 열립니다. 방 속의 문 속의 방 속의 문. 마치 러시아 인형처럼 계속 튀어나오는 방 속의 문 속의 방은, 현실과는 아주 다른 공간 감각을 일깨웁니다. 낯설지요. 하지만 그 낯섦은 독자를 밀어내는 배타적인 낯섦이 아닙니다. 색깔로 이어지는 문 덕분에 어떤 예측을 하게 해 줍니다. 그런 예측만으로도 안정감을 줍니다. 동시에 그림에서는 '문→방→문→방'의 순서로 이어지는 어떤 리듬이 만들어집니다. 두 박자의 빠르고 경쾌한 리듬은 그 공간 감각에 안정적이면서도 역동적인 활기를 부여하는 배경 음악 역할을 합니다. 독자는 그림을 보면서 논리적인 서사를 갖춘 이야기를 듣는 즐거움이 아니라 감각적인 즐거움을 맛보게 됩니다. 빠르게 전환하는 광고 화면을 보는 듯한 즐거움, 그리고 놀이공원의 마술 방에 들어가 낯선 공간 속으로 계속 침투해 들어가는 듯한 감각적인 즐거움입니다.

이 책은 명료하고 강렬한 보색 대비를 이용한 그림에 걸맞게 안과 밖이라는 정반대의 개념을 한 차원 안에 펼쳐 놓습니다. 표지의 그림을 볼까요. 빨간 배경색 안에 파란색 문, 그 안에 서 있는 아이가 입고 있는 빨간 바지. 가장 안의 것과 가장 밖의 것은 서로 연결되어 있고 서로 같습니다. 안의 것이 바깥의 것이고, 바깥의 것이 안의 것인 셈입니다.

이 그림의 문도 보통 문이 아닙니다. 아랫변의 폭이 윗변의 폭보다 좁은 역사다리 모양입니다. 반듯한 네모도, 안정감을 주는 사다리꼴도 아니지요. 이런 비정상적 구도를 가진 문이 독자의 눈과 주의를 끌어당깁니다. 문의 색깔과 모양, 이 모든 것들이 안으로 들어가면 뭔가 이상한 '곳'이 나오게 될 것이라는 암시, 그러니까 어떤 물건이 아니라 장소가 나오리라는 암시를 줍니다. 그 암시는 마지막 장면에서 확실해집니다. 마지막 문을 열면 '집에서 나'오게 된다고 글이 말합니다. '밖'을 보라는 것이지요. 하지만 그곳이 집 밖이라고 말하는 것은 글일 뿐, 그림의 말은 다를 수 있습니다. 책 첫 장면에 나오는 작은 집의 파란 문을 열고 들어간 방 안의 벽 위에 걸려 있는 그림 안의 문에 노크를 하는 것입니다.

노크란 밖에서 집 안으로 들어갈 때 하는 행동이지, 집 안에서 밖으로 나가면서 노크를 하는 경우는 없습니다. 그렇다면 마지막의 파란 문은 또 다른 안으로 들어가게 하는 문이 아닐까요? 이 두 장면에 나타나는 텍스트 안에서의 상호 모순과 그림과 글 사이의 모순은, 우리의 합리적인 공간 감각을 뒤틀어 놓는 이야기 전체의 구조를 더욱 강화시킵니다. 뫼비우스의 띠처럼 안과 밖이 맞물려 있는 입체적인 공간 감각을 키워 주는 책이라고 할 수 있습니다.

그렇다면 글은, 이 책에서 어떤 역할을 하는 걸까요. 그림만으로도 그렇게 입체적이고 역동적인 공간 감각과 리듬감을 충분히 느낄 수 있다면 글은 거기에 무엇을 더할 수 있을까요. 글을 다시 들여다봅니다.

이 책의 글을 들여다보는 데에는 몇 가지 걸림돌이 있습니다. 우선, 한국어판에 역자 이름이 나와 있지 않다는 점입니다. 역자가 없다는 것일까요? 밝히기가 어렵다는 것일까요? 원 텍스트도 없을 뿐더러(있어도, 스웨덴어라니!) 견주어 볼 다른 판본이 없기 때문에 온전히 한국어 판본에만 의지할 수밖에 없는 상황에서 이 조건은 매우 불리합니다. 저자의 의도와 상관없이, 왜곡되어 있을지도 모를 텍스트를 상대로 왜곡일지도 모를 분석을 해야 하는 것입니다. 그러나 왜곡됐다 하더라도, 번역은 반역이라든지 제2의 창작이라는 말을 굳이 끌어오지 않더라도, 번역본은 그 자체로서 하나의 의미 있는 텍스트가 될 수 있습니다. 원전의 번역이 변형되는 과정에서 생겨나는 새로운 코드가 그림과 결합하여 새로운 의미망을 만들 수 있기 때문입니다. 이 책의 한국어 텍스트는 다음과 같습니다.

푸른 나무 밑에 작은 집이 있어요.

누가 살고 있는지 들어가 볼까요?

파란 문이에요.

두드려 보아요.

똑! 똑!

누가 있어요?

꼬마 미카엘!

여기저기 어질러 놓고는

북을 치고 있군요!

(......)

하얀 문이에요.

똑! 똑!

누가 있어요?

아기 곰 다섯 마리!

두 마리는 이를 닦고

세 마리는 벌써

잠이 들었어요.

이제 다시

파란 문이에요.

똑! 똑!

아무도 없나요?

아니에요, 달님이 있어요.

집에서 나와

밖을 보아요.

　글은 그림을 거의 그대로 묘사하고 있습니다. 혹은 그림이 글을 거의 그대로 묘사합니다. 묘사가 훨씬 더 많은 쪽은, 그림입니다. 첫 번째 파란 문 뒤의 방 하나만 살펴볼까요. 벽에는 그림이 걸려 있고, 그 밑에 침대가 놓여 있습니다. 침대 밑에는 빨간 자동차를 타고 있는 고깔모자를 쓴 뾰족코 인형. 그 옆의 벽에는 빨간색 문. 방 한가운데 기다란 양탄자가 꾸부렁꾸부렁 방을 가로질러 놓여 있습니다. 그 앞에 아기 변기. 옆에는 목욕통. 물이 채워진 채 오리가 떠 있는데, 목욕통 밑으로 물이 흥건합니다. 그 앞에는 목욕 솔. 왼쪽 침대 앞에는 발가벗은 아기가 북을 멘 채 북채를 양손에 높이 들고 있고, 그 옆에는 물방울무늬 공이 있습니다.

독자의 시선이 어디로 어떻게 움직이는지는 그림 분석에 맡기지요. 나는 이 많은 요소 가운데 글은 무엇을 빼고 무엇을 선택하여 언급하는가를 보겠습니다. '누가 있어요?' 입니다. 모든 방 풍경의 글은 이 질문으로 시작됩니다. 글의 관심은 '누구' 인 것입니다.

다음 글은 당연히 그 질문에 대한 대답입니다. 꼬마 미카엘, 토끼, 원숭이, 난쟁이 아저씨, 곰 등이 있습니다. 그리고 맞은편 페이지의 글은 그 '누구' 가 '무엇' 을 하는가를 드러냅니다. 다른 무엇이 있다거나, 무슨 색깔이라거나, 무슨 모양이라는 내용이 아닙니다.

다시 말하자면, 글의 관심은 '누가 무엇을 하는가' 입니다. 꼬마나 토끼나 원숭이들이 무엇을 하는가 하면, 북을 치거나 뭔가를 먹거나 던지고 있습니다. 당연히 그 행동은 동사로 나타납니다. 분석 대상 다섯 권 중에서 동사를 가장 많이 사용하는 책이 바로 이 책입니다. '들어가다, 두드리다, 던지다, 치다, 먹다, 주다, 닦다, 나가다' 여덟 가지 동사가 이 책에서 구사됩니다. 펼친 페이지로 열세 장면의 그림 중에서 문을 두드리는 장면이 여섯 번 반복되는 것을 감안하면 거의 한 장면에 한 가지씩 새로운 동사가 출현한다고 보아도 좋습니다.

한 장면에 하나씩 등장하는 새로운 동사는 책의 전체 흐름에 상당한 역동성을 부여합니다. 그래서 아이들은 책장을 넘기면서 새로운 활력을 느끼게 되고, 다음 동작에 대한 기대감을 갖게 됩니다. 이 활기찬 기대감이 아이들을 책에 강력하게 붙들어 놓는 접착력을 발휘하는 것입니다.

그런데 이 동사들은 무작위로 아무렇게나 던져지는 것이 아닙니다. (문을) '두드린다' 라는 동사를 축으로 삼아 펼쳐지는 다른 동사들의 성격을 차례로 정리해 볼까요. '논다', '먹는다', '논다', '먹는다' 로 되풀이되다가 '잔다' 로 마무리가 지어집니다. 시작 페이지의 '들어간다' 와 마지막 페이지의 '나간다' 는 그 구조를 감싸 주는 테두리 역할을 합니다. '들어간다두드린다논다두드린다먹는다두드린다논다두드린다먹는다두드린다잔다두드린다나간다' 동사들은 이런 순서로 짜입니다. 정확히 계산된 동사들의 배치로 리드미컬하면서도 교묘한 변주를 이루어 내는 구조임을 알 수 있습니다. 이 리듬은 '문-방-문-방' 으로 이어지는 그림의 리듬과 정확하게 일치하면서 대단히 안정적이고 역동적인 두 박자의 빠른 비트를 만들어 냅니다. '똑! 똑!' 이라는 의성어는 그림의 구조와 글의 구조가 만들어 낸 리듬감에 결정적으로 음성적 리듬감까지 제공합니다. 이 책이 어린아이들의 귀와 눈을 사로잡을 수 있었던 요인은 바로 이 역동적인 리듬감이 아닐까요. 이 역동적인 리듬이 바로 '놀고, 먹고, 놀고, 먹고, 자는' 것이 하루의 모든 일과인 아이들의 생활 리듬과 일치한다는 것도 아이들을 매혹시키는 큰 요인 중의 하나라고 할 수 있을 것입니다.

4) 나의 색깔 나라
–색깔이 불러일으키는 이미지의 세계

현장 연구 결과에 의하면《나의 색깔 나라》는 아이들에게 읽어 주는 과정에서 다섯 권의 책 중 텍스트 변형이 가장 많은 책으로 드러났습니다. 텍스트 변형이란 책에 쓰인 대로 읽지 않고 읽는 사람이 임의로 글을 바꾸는 것을 말합니다. 글을 쓰여 있는 그대로 읽어 준 부모는 단 한 명도 없었고, 모두 설명하고 지시하고 질문하는 식으로 바꾸어 냈습니다. 글이 책 전체를 꿰뚫는 어떤 일관된 이야기 흐름을 만들어 내는 기능을 담당하지 못했다고 할 수 있습니다. 말하자면 다시 한 번, 글은 서사를 맡고 그림은 묘사를 맡는다는 보편적 설명이 힘을 잃는 현장을 보여 준 셈입니다. 글은 아무런 이야기를 해 주지 않고, 글과 그림 사이에 어떤 장력도 없어 보이는 이 현상의 이유는, 이 텍스트가 서정적 동요이기 때문입니다.

마거릿 와이즈 브라운 글,
로레타 크루핀스키 그림,
이상희 옮김, 《나의 색깔 나라》,
랜덤하우스코리아, 2002

우리가 그림책을 볼 때 글을 읽게 만드는 힘 중에서 가장 큰 것은 아마도 서사에 대한 호기심과 기대일 것입니다. 《우리 엄마 어디 있어요?》를 볼까요? "왜요?"를 입에 달고 다니는 어린 독자는 아기 물고기가 눈물을 흘리고 있는 장면이 나오면 왜 우는지가 궁금해집니다. 그 궁금증을 풀어 주는 것은 그림이 아닌 글입니다. 하양이가 엄마를 잃었다는 것이지요. 그렇다면 그 다음에는 어떤 일이 일어날까? 하양이는 엄마를 만날까? 아니면 다른 위험한 처지에 놓이게 될까? 아이들은 더 앞으로 나아가고 싶어집니다.

《두드려 보아요》를 볼까요? 파란 문이 그려져 있는 그림이 나오면서 글은 두드릴 것을 권합니다. 두드리자 열리는 문! 그 뒤에 다양한 인간과 동물이 놀고, 먹고, 신나게 노는 놀이 현장이 펼쳐지는 것을 경험한 어린 독자는 다음 문을 빨리 열어 보고 싶어집니다.

《나의 색깔 나라》의 도입부는 일단 그렇게 호기심을 유발하는 역할을 하는 것처럼 보입니다.

Red, yellow, green and blue	빨강, 노랑, 초록, 그리고 파랑
Blue is the door	파란 문으로
That takes you through	들어가면……
Into ……	

그래, 파란 문으로 들어가면 무슨 일이 벌어질까? 독자들은 빼꼼 열려 있는 파란 문으로 들어섭니다. 그러나 페이지를 넘긴 뒤 본격적인 이야기가 시작되리라고 기대하는 첫 장면에서, 글은 어떤 서사도 펼쳐 놓지 않습니다. 그림도 어떤 궁금증을 유발하지 않습니다. 텍스트는 이렇습니다.

Red as roses	빨간 장미
Red as red	빨간 빨강
Red as the eyes	빨간 토끼 눈
In a rabbit's head	

토끼들이 지금 어디에서 무엇을 하고 있는 것인지, 무슨 문제가 있으며 그래서 어떻게 할 작정인지, 시사하는 바가 아무것도 없습니다. 그저 그림에 나와 있는 단어들을 다시 옮기고 있을 뿐입니다. 빨간 장미. 원문은 '장미처럼 빨간' 혹은 '장미 같은 빨강'인

빨강, 노랑, 초록, 그리고 파랑
파란 문으로
들어가면…

빨간 장미
빨간 빨강
빨간 토끼 눈

마거릿 와이즈 브라운 글, 로레타 크루핀스키 그림, 이상희 옮김, 《나의 색깔 나라》,
랜덤하우스코리아, 2002

데 번역문은 '빨간 장미' 입니다. red에 초점이 있는지 rose에 초점이 있는지에 따라서 독자에게 각인되는 이미지도 달라지겠지요.

그 다음 구는 좀 이상합니다. 빨강처럼 빨간(red as red)이라니요. 색깔은 뭔가 다른 사물이나 관념과 연결되어 어떤 구체적인 형상을 만들어야 의미가 있을 것 같은데, 이 표현은 별 의미 없는 동어 반복을 하고 있는 것 같습니다. 독자들은 어리둥절할 것입니다. 이 글을 어떻게 읽어야 할까요. 아이에게는 어떻게 읽혀야 할까요.

우리에게도 널리 알려진《잘 자요 달님》의 글쓴이인 마거릿 와이즈 브라운은 수많은 그림책의 텍스트를 만들어 낸 다산 작가입니다. 그의 텍스트는 거의 대부분이 시로서, 경쾌한 각운, 명징한 대비나 부드러운 연결을 보이는 구문, 환상적인 이미지 등을 보여 줍니다. 이 책의 텍스트도 그렇습니다. 그런데 안타깝게도 이 매력은 영어 원문에서 발산될 뿐, 우리말로 옮기게 되면 대부분의 정수는 사라지게 됩니다. 시를 번역할 때, 특히 동요를 번역할 때 이런 손실은 불가피합니다. 아무런 서사 없이 순간의 정서를 확대시키거나 비유·은유로 변환시켜 새로운 이미지와 연결시키는 서정시의 경우, 그리고 말놀이(pun)를 통해 언어 자체의 탐구와 의미망 확대를 시도하는 난센스시의 경우는 번역이 불가능한 대목과 마주치는 일이 비일비재합니다. 따라서 텍스트가 서정시

나 난센스시인 외국 그림책은, 과연 이 책을 우리말로 옮기는 일이 필요하고 타당한지를 심각하게 고민해야 할 것입니다.

텍스트가 서정시일 경우, 그림책을 읽는 전략은 서사가 있는 다른 그림책과 달라야 합니다. 글이 전달하려는 이야기나 정보가 아니라 정서에 집중해야 하는 것이지요. 그러기 위해서는 단어 하나하나의 함의, 그것들이 불러일으키는 무드에 먼저 주목해야 할 필요가 있습니다.

'나의 색깔 나라' 에서 '나의' 는 이 텍스트가 어떤 보편적인 합의를 찾는 것이 아니라 나만의 어떤 것을 밝히려 한다는 메시지를 줍니다. 따라서 독지는 글을 읽으면서 작가가 단어들을 통해 독특하고 개성적인 세계로 들어가 독자들의 마음속에 발생시키고 싶어 하는 정조를 만나려는 전략을 써야 합니다. 글자의 생김새와 소리의 울림, 그 단어들이 가리키는 사물, 시간, 장소 등을 떠올리며 자신의 심상을 넓혀야 하는 것입니다.

빨간색에서 우리는 빨간 장미가 핀 정원에 앉아 있는 빨간 눈의 토끼를 연상할 수 있습니다. 그런데 그 빨간 세계로 작가는 어떤 이미지를 만들고 싶어 한 것일까요? 첫 제시어로 나온 장미처럼 아름답고, 싱싱하고, 정열적이고, 향기로운 어떤 것일까요? 선명하지가 않습니다. 계속 읽어 보겠습니다.

Orange as an orange tree	주황색 오렌지 나무
Orange as a bumble bee	주황색 뒝벌
Orange as the setting sun	해 질 무렵 바다 속으로
Sinking slowly in the sea	천천히 잠기는 주황색 해님
Yellow as a daisy's eye	노란 데이지 꽃술
Or a cabbage butterfly	노란 나비
Or the stripes across a bee	노란 줄무늬 꿀벌
And every dandelion I see	노란 민들레
Green as a grasshopper	초록색 메뚜기
Green as the green	토끼가 본 것 중에서
Of the greenest fern	가장 싱싱한 초록색 고사리
Any rabbit has seen	
(......)	
Pink as pigs	분홍색 돼지
Pink as toes	분홍색 돼지 발굽
Pink as a rose	분홍색 장미
Or a rabbit's nose	분홍색 토끼 코

Now, I can color	이제 나는 색칠할 수 있어요.
Red as roses	빨간 장미
Orange as an orange tree	주황색 오렌지 나무
Yellow as a butter and bees	노란 버터와 벌
Green as the grass	초록색 풀
Blue as the sky	파란 하늘
Purple as phlox	보라색 창포
Gray as fox	회색 여우
Black as a fly	까만 파리
Pink as a pig	분훈색 돼지
Brown as a tree	갈색 나무
White as the raging sees	세차게 부딪치는 하얀 파도
Red, yellow, green, and blue	빨강, 노랑, 초록, 그리고 파랑
Blue is the door	파란 문으로
That takes you through	들어가면……
Into ……	
Our World of Color	우리들의 색깔 나라예요.

무작위로 무의미하게 던져진 듯한 이런 표현들은, 모여서 어떤 이미지를 떠올리게 해야 합니다. 이때 우리의 머리에서 떠오를 수 있는 이미지, 혹은 생각도 못했지만 그럴 수도 있겠구나, 하고 고개를 끄덕이게 되는 이미지를 주는 것이 그림의 역할입니다. 그림은 독자가 얼핏 보아서 선명하게 떠오르지 않는 이런 글의 이미지를, 그림 작가의 깊은 천착을 통해 끌어내고 모아서 자신만이 그릴 수 있는 독특한 영상으로 펼쳐 놓아야 합니다. 그 과정에서 글과 그림의 조화가 일어나고 글이나 그림과는 또 다른, 그림책이라는 매체의 성격이 만들어집니다.

　그러나 이 책의 그림은 그런 새로운 영상도 펼쳐 놓지 못하는 듯합니다. 서로 연결되지 않는 표현들을 모아들이지 못하고, 여전히 각각의 요소가 따로따로 제시되어 있을 뿐입니다. 글만 읽었으면 생성됐을지도 모를 심상들을 오히려 방해하는 요인으로 작용할 수도 있을 것 같습니다.

　흥미로운 서사도, 재미있는 말장난도, 글과 그림이 상호작용하며 새롭게 만들어 내는 분위기도, 통일감이나 조화로움도, 새로운 이미지도 없는 이 책에 어린아이들이 흥미를 느끼지 못하는 현상은 그다지 이상한 일이 아닙니다. 끝까지 읽어 주는 데 실패하는 율이 가장 높은 책이 이 책이라는 것도 어떻게 보면 당연한 결과입니다.

하지만 그것이 이 책을 멀리해야 할 이유가 되지는 않습니다. 오히려 엄마와 아이 사이의 커뮤니케이션이 이 책을 읽을 때 가장 활발했다는 관찰 결과는 상당히 주목할 만합니다. 아마도 책에 나오는 색깔 이름과 동식물의 이름을 알려 주고 되풀이하는 활동이 있었을 것입니다. 독자의 기대치와 책의 내용 사이에 빈틈이 많을 때, 그 빈틈을 메우기 위해 독자는 더 적극적이고 창의적인 방식으로 텍스트를 재구성할 수 있음을 보여 주는 이 현상은 조금 더 연구할 필요가 있을 것 같습니다.

5) 야옹이가 제일 좋아하는 색깔은?
–색깔 그 자체 안으로 주관적으로 들어가기

제인 커브레라 글 · 그림. 김향금 옮김. 《고양이 팔레트》. 보림, 2019

아기 고양이 한 마리가 나와 '내 이름은 야옹이야.' 하고 자신을 소개합니다. 그러고는 '내가 제일 좋아하는 색깔은 뭐게?' 라는 질문을 던집니다. 그 뒤로 초록색, 분홍색, 검은색, 빨간색, 노란색, 보라색, 갈색, 파란색, 하얀색, 주황색의 순서로 열 가지 색깔을 제시합니다. 물론 '제일 좋아하는 색깔은 무엇이냐' 라는 질문에 대한

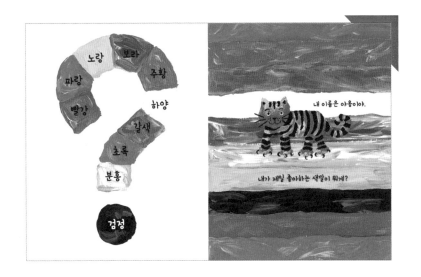

제인 커브레라 글 · 그림, 김향금 옮김, 《고양이 팔레트》, 보림, 2019

최종 대답은 맨 마지막 색깔인 주황색입니다.

　다섯 권의 책 중에서 가장 확실한 일인칭 화자를 가지고 있는 책이《야옹이가 제일 좋아하는 색깔은?》[7]입니다. 첫 문장부터 '나는 고양이' 라고 선언하는 것입니다. 따라서 이 책의 내용은 상당히 주관적이고 개인적인(개묘적인?) 방향으로 가리라는 전제가 심어

---

7) 이 글을 쓰던 당시에는 제목이《야옹이가 제일 좋아하는 색깔은?》이었습니다. 현재는 제목을 바꾼 개정판이 나와 있습니다.

집니다. 앞으로 나올 이야기, 정보가 어떤 성격의 것이든 간에 그
것은 이 고양이가 어떤 고양이이고, 어떤 식으로 사물과 세계를 바
라보고 파악하는지를 드러낼 것임을 암시하는 것입니다. 뒤이은
문장인 '내가 제일 좋아하는 색깔은 무엇인가?' 라는 질문은 무엇
을 암시할까요? 그림 영역에서는 나를 드러내는 가장 중요한 도구
가 '색깔' 이라는 것입니다. 글 영역에서는 나를 일방적으로 단언
하면서 설명하는 게 아니라 독자와 함께 질문하고 대답하면서 찾
아 나간다는 암시를 해 줍니다. 과연, 이 글은 그런 질문과 대답으
로 이어져 있습니다.

Cat's Colours	야옹이가 제일 좋아하는 색깔은?
I'm Cat.	내 이름은 야옹이야.
What's my favorite color?	내가 제일 좋아하는 색깔이 뭐게?
Is it Green?	초록색?
Green is the grass where I like to walk.	
	초록색이야 내가 살금살금
	돌아다니기 좋아하는 풀밭 색깔이지.

Is it Pink?   분홍색?

Pink are the petals of my favorite flowers.

분홍색이야

내가 제일 좋아하는

꽃잎 색깔이지.

　질문하는 존재는 고양이임이 확실하지만, 대답하는 존재는 드
러나지 않습니다. 그렇다면 이 글은 주고받는 질문과 대답이 아
니라 고양이 혼자만의 중얼거림일까요? 글로만 보자면 'I'm Cat.
What's my favorite color?'는, 고양이가 어떤 상상의 독자에게 말
을 건네는 대화체 문장일 수도 있고, 혼자서 자문하는 독백체 문
장일 수도 있습니다. 만약 그림이 없다면 독자는 두 상황 사이에
서 잠시 망설일지도 모릅니다. 그러나 얼굴을 정면으로 향한 채
눈동자를 독자에게 고정하고 있는 고양이의 그림은, 그런 망설임
이 개입될 여지를 처음부터 차단합니다. 독자의 시선은 그림부터
향하게 되어 있기 때문에 고양이가 나에게 말을 걸고 있다는 확
신 아래 그 질문을 받아들이는 것입니다. 우리말 번역에서는 질
문이 "내가 제일 좋아하는 색깔은 뭐게?"입니다. 짐작해 맞춰 보
라는 권유의 뉘앙스를 담은 종결어미 '게'를 사용했지요. 그 어
미가, 이 질문은 독자를 향한 질문임을 확신하게 해 줍니다.

고양이가 질문을 던지고 나면 다음 페이지에서 답이 제시됩니다. 'Is it Green?'은 앞의 질문과 연결해서 해석하자면 "(네가 제일 좋아하는 색깔은) 초록색이니?"라고 되묻는, 대답이자 질문인 문장입니다. 그렇다면 이 문장의 발화자는 고양이가 아닌 제3의 인물일까요? 책 밖의 독자이거나 책 뒤의 숨은 서술자일까요? 독자는 다시 한 번 머뭇거리게 됩니다.

작가는 다분히 의도적으로 독자를 그렇게 머뭇거리게 만드는 것 같습니다. 만일 다른 화자가 있다는 것을 확실히 알리고 싶었으면 따옴표를 사용해서 그 존재를 드러냈겠지요. 만일 고양이가 스스로 되묻는다는 것을 확실하게 인지시키고 싶었으면 'Do you think it's green?'이나 'You can say it's green.' 같은 문장을 썼겠지요. 그래서 고양이와 타자 사이의 경계를 분명히 했을 것입니다. 그러나 'Is it Green?'에는 그런 경계가 없으며, 다른 화자의 존재에 대한 명시도 없습니다. 그것은 '초록색이니?', '초록색이야?' '초록색일까?', '초록색이라고?'처럼 다양한 뉘앙스를 끌어낼 수 있는 넓은 스펙트럼을 갖고 있습니다. 독자는 이 문장을 읽는 순간 수많은 뉘앙스 중 하나를 무의식적으로 선택하게 됩니다. 이 문장이 그런 넓은 스펙트럼을 유지할 수 있도록 '초록색?'이라는 한 단어로 번역한 전략은 적절해 보입니다. 영어에는 없는 한국어 어미의 특성상, 어미가 붙으면 이미 상당 부분 그 뒤앙스가 결정되어 버리기 때문입니다. 말을 더 길게 더 어려운 구문으로 하는 것만이 더 고도의 생각을 끌어내는 길은 아니라는 사실을 이 간단한 질문과 대답은 알려 줍니다.

이어지는 글에서 야옹이는 검정, 빨강, 노랑, 보라, 갈색, 파랑, 하양, 주황 등의 색깔을 섭렵하며 질문과 대답을 제시합니다. 그런 자기 탐구와 표현을 통한, 세계 파악의 과정에 독자를 적극적으로 초대하며 동참할 것을 유도하지요.

야옹이는 자기가 제일 좋아하는 색깔이 무엇이냐고 묻고, 그다음에는 드러나지 않은 숨은 캐릭터, 어쩌면 독자일지도 모를 존재의 대답이 나옵니다. 이 대답은 단정적인 진술로 나타나지 않고 고양이의 되물음 속에 들어 있습니다.

Is it Black?   검정색?

Black is the night when bats swoop and soar.

검정색이야 박쥐들이
휙휙 날아다니는 밤
색깔이지.

Is it Red?   빨간색?

Red is the rug where I snooze by the fire.

빨간색이야 내가 누워서

빈둥거리는 난로 앞

깔개 색깔이지.

고양이는 yes나 no로 그 대답이 맞는지 틀린지 확실히 알려 주지 않습니다. 아마도 검정과 빨강은 정답이 아닐 것입니다. 정답이라면 고양이의 질문은 거기서 끝나야 하니까요. 마지막 페이지에서 Yes! 하며 정답을 밝혀 주어야 하니까요. 그러나 고양이는 No! 하지도 않습니다. 대단히 유보적인 태도입니다. 가치 체계가 아직은 미분화되어 있어 좋다 나쁘다, 그렇다 아니다, 착하다 악하다 식의 이분법적 사고에 익숙한 연령대의 아이들에게 이런 유보적 태도는 불만스러울 수 있습니다. 아이들이 이 이야기를 어른들의 기대보다 덜 흥거워했다는 관찰 결과에는 아마도 그런 이유가 있을 것 같습니다.

그런데 이 유보적 태도가 한국어 책에서는 약간의 어긋남을 보여 주는 경우가 있습니다. 검정색 '은' 을 뜻하는 검정색 '이야' 라는 어미가 검정색 '이다' 라는 단정으로 읽힐 수 있기 때문입니다. 실제 현장에서 엄마가 "검정색이야~." 하면서 종결형 어미에 사용되는 악센트로 읽어 주는 사례가 확인되었습니다. 글자 그대로 소리 내지 않고 변형해서 읽어 주는 경우에도, 글을 읽은 어른들은 대부분 그것을 종결어미로 받아들여 그렇게 긍정의 단정으로 아이들에게 전달합니다. '맞았어, 검정색이야.' 의 뉘앙스로 말이지요. 유보적인 의미를 지닌 '이야' 라는 어미를 사용한 것은 글로서는 적절할 수도 있지만 음성적으로는 오해의 소지를 내포하고 있다는 약점을 안고 있었던 것입니다. 영아용 그림책 글이 단어의 음성적 특성을 좀 더 섬세하게 고려해야 할 필요가 여기 있습니다.

Is it Yellow?   노란색?

Yellow is the sand on the sunny beach.

                              노란색이야

                              햇빛 가득한

                              바닷가

                              모래밭

                              색깔이지.

Is it Purple?   보라색?

Purple is the wool I tag with my claws.

                              보라색이야

                              내가 발톱으로 헝클어 놓은

털실 뭉치 색깔이지.

색깔들은 차례로 제시되면서 다른 사물·장소·시간과 연결됩니다. 그것들은 아기 고양이인 야옹이가 세상을 파악하고 평가하는 데 절대적이고 전체적인 조건이자 단서로서 기능합니다. 말하자면 색깔은 야옹이에게 사물과 장소와 시간의 한 속성이 아니라 그 자체인 것입니다. 원 텍스트의 '갈색은 땅이다(Brown is the earth).' 라는 진술은 '갈색은 땅의 색깔이다.' 나 '땅은 갈색이다.' 와 다릅니다. 갈색 그 자체를 세상의 한 요소로 봅니다. 색깔은 세상의 본질이기도 하고 배경이기도 하며 일부이기도 한, 세상에 널리 퍼져 있는 어떤 것입니다. 야옹이는 그 색깔 안에서 삶을 파악합니다. 빨강 위에서 따뜻하게 뒹굴고, 파랑 안에서 새를 쫓아다닙니다. 갈색을 파 들어가고 보라색을 헝클어 놓습니다. 검정 속에서는 박쥐들이 날아다니고 햇빛 환한 바닷가에는 노랑이 깔려 있습니다.

세상을 색깔로 파악하는 이 꼬마 철학자 같은 아기 고양이의 시각에는 확실히 독특한 색깔 인식이 담겨 있습니다. 거의 실존적이라고 할 수 있는 이 색깔관이 24개월 전후의 아이들에게 어렵고 지루하게 느껴진다는 것은 그리 놀라운 일이 아닙니다.

마무리 장면의 텍스트에 가서야 색깔은 비로소 구체적인 사물과 연결되어 실체를 부여받습니다.

Is it Orange?   주황색?

Yes! Because ......   맞았다! 왜냐하면……

Orange is the colour of Mommy.

주황색은 우리 엄마 색깔이거든.

'Orange is the colour of my Mommy'에서 처음이자 마지막으로 색깔은 '무엇'이 아니라 무엇의 '색깔(colour)'이 됩니다. 그것도 아이들에게 가장 친근하고 소중한 엄마라는 실체를 받지요. 하지만 때는 좀 늦은 것 같습니다. 영아용 책에서 관념은 관념으로서가 아니라 구체적 사물로서 드러내야 한다는 것을, 특히 아이들 책에서는 더욱 그렇다는 것을 다시 확인할 수 있습니다.

아이들을 위한 책의 텍스트가 질문과 대답이라는 전략을 쓸 때 독자의 집중력과 흥미를 끌어올 수 있다는 가정은 이미 보편화되어 있습니다. 하지만 반드시 그런 것만은 아닙니다. 대답이 구체적이지 않을 때, 너무 관념적이고 추상적일 때 그 전략은 효력을 잃습니다. 아이들이 색깔을 색깔 자체로 인식하고 그 감각을 넓혀 가는 텍스트를 받아들이는 데에는 시간이 필요한 듯합니다.

3. 나오는 글

　색깔을 다루는 다섯 권의 그림책을 이렇게 살펴보았습니다. 영아들에게 읽어 줄 만하다고 여겨지는 책, 현장에서 성공적으로 읽힌 책들이 어떤 특징을 가지고 있는지가 보였습니다. 글이 서사를 전달하기보다는 그림이 서사를 담당하는 비율이 더 높다는 것이었습니다. 서사를 담당한다고 흔히 여겨지는 글이 오히려 사건의 성격과 장면의 무드, 캐릭터의 심리를 그려 낸다는 것도 분석 결과 나타났습니다. 어린아이들에게는 글과 그림 양쪽이 모두 낯선 기호일 수밖에 없습니다. 그런 아이들에게 소리로 전달되는 글은 이성적이고 논리적이기보다는 감각적, 감성적으로 다가가는 경우가 많았습니다.

　물론 그림책에서 글은 메시지를 전달하고 사건을 꾸려 나가는 데 중요한 역할을 합니다. 그런데 영아용 그림책의 글은 한 장면 한 장면의 분위기나 무드를 결정하는 데 더 나이 든 아이들을 위한 책보다 훨씬 중요한 단서가 됩니다. 책을 만들고 전하는 일을 하는 사람들은 이런 특징을 유념해야 할 것 같습니다. 단어 하나하나가 가지고 있는 음성적 특성, 다양한 의미와 뉘앙스, 다른 단어와의 어울림, 문장들의 구조 등이 영아 그림책의 글을 만들고 다듬고 옮기고 평가하는 기준으로 자리 잡혀야 하겠습니다.

그런 기준으로 다섯 그림책을 분석하여 그 책들이 각각 무엇을 어떻게 말하고자 하는지를 살펴본 결과를 다시 정리해 보겠습니다.

《갈색 곰아, 갈색 곰아, 무엇을 보고 있니?》는 통합 감각을 일깨웁니다. 글에서는 '본다' 는 의미를 함께 가지고 있지만 두 가지 다른 차원의 함의와 뉘앙스를 가지고 있는 see와 look이라는 단어의 어울림을 통해서 그 일을 합니다. 아이들은 충분히 예상할 수 있는 질문과 즉각 맞출 수 있는 대답을 통해 통합의 과정에 적극적으로 개입하면서 즐거움을 누립니다.

《우리 엄마 어디 있어요?》는 엄마를 놓친 아기 물고기가 엄마를 찾아다니며 여러 바다 생물을 만나는 사건을 그립니다. 사건 자체는 그림이 주도적으로 진행하지요. 글은 그 사건의 성격을 만들어 냅니다. 슬프고 불안하고 무서운 사건이 아니라 가볍고 흥미로운 탐색 모험이라는 성격입니다.

《두드려 보아요》는 얼핏 무질서하고 의미 없는 에피소드가 토막토막 나열되는 것 같습니다. 하지만 글은 스피디하고 역동적인 리듬을 통해서 아이들의 생활 리듬과 이 에피소드들이 절묘하게 결합되는 과정을 보여 줍니다. 이 과정에서 글의 리듬과 그림의 리듬은 서로 정확하게 어울리며 맞아떨어집니다.

《나의 색깔 나라》에서는 운율을 맞춘 서정적 동요인 텍스트가 형용사의 주도적 사용을 통해 색감을 다양하게 확장하려는 것처럼 보입니다. 이때 그림은 그 색감이 드러나는 공간을 제공합니다. 그러나 공간 창출의 미숙함, 번역이 매우 어려워 보이는 텍스트의 성격 때문에 이 책은 색감 전달에 그다지 성공적이지 않은 것으로 보입니다.

《야옹이가 제일 좋아하는 색깔은?》은 색깔을 어떤 물체의 형성 요소나 상징이 아니라 그 자체로서 주관적으로 보게 하려는 태도를 가지고 있습니다. 그러나 글과 그림과 메시지 모두가 전체적으로 약간 관념적이고 실존적입니다. 24개월 안팎 영아들에게는 버거웠던 것으로 현장 연구에서 드러납니다.

그렇다면 아이들의 주의를 집중시키고 흥미를 유발하는 데 성공한 책들의 텍스트는 어떤 특성을 보이고 있을까요? 정리해 보니 다음과 같은 요소들을 추출할 수 있었습니다.

① 질문과 초대 혹은 권유를 통해 적극적인 참여를 이끌어 낸다.
② 질문에는 대답을, 권유나 초대에는 그에 응함으로써 얻게 되는 즐거운 결과를 즉각 제시한다.
③ 질문과 대답을 반복한다. 단, 질문은 구체적이고, 대답은 즉각적이다.
④ 직접 소리 내어 텍스트의 진행에 참여할 수 있는 여지를 주

며, 그를 위한 복선과 단서 제공을 성공적으로 수행한다.

⑤ 음성적 리듬, 구문적 리듬, 구조적 리듬 등 다양한 방식의 리듬을 적절히 활용한다.

⑥ 청각을 자극하되, 의성어 의태어의 관습적 사용이 아니라 단어 자체에서 파생되는 소리 감각을 사용하는 전략이 있다.

⑦ 반복 구조를 적극적으로 활용한다. 반복되는 단어나 구절, 문장은 고정된 틀과 변화하는 세부 내용을 가지고 있다. 틀은 지루하다 싶을 정도로 굳건히 고정적이고, 변하는 내용은 아이들이 앞에서 이미 답이 나와 있거나 충분히 예상할 수 있는 것이다.

⑧ 그림으로 충분히 서사가 진행되는 책의 경우, 글은 서사 이외의 묘사 기능을 적극적으로 수행한다. 그 묘사 기능은 은유나 비유 같은 수사적 표현이 아니라 단어 자체가 주는 뉘앙스를 통해 이루어진다.

⑨ 색깔을 지칭하는 단어의 쓰임새에 통일감이 있다. 우리말에서도 명사와 형용사 사이의 용법 구분, 새로운 형용사 발굴 등의 정리 작업이 필요하다.

⑩ 번역문의 경우, 필요하다고 생각되면 원문의 자구 하나하나를 충실히 옮기는 것보다 의도와 뉘앙스를 전달하고 우리말의 리듬을 살리는 의역을 시도해 본다.

영상매체가 활자매체 대신 문화 콘텐츠의 주요 매개체로 자리를 잡아 가고 있는 이즈음, 어린이 책에서 그림책이 차지하는 비중은 날로 높아 가고 있습니다. 그림책은 아이들에게 글자를 가르치면서 사물의 생김새를 알려 주는 인생 최초의 교재라는 고전적인 기능에서 출발했습니다. 하지만 이제는 글과 그림의 유기적인 결합으로 새로운 차원의 서사 방식을 창조하고, 인간의 깊은 무의식을 건드리면서 다층적인 감성을 계발하고, 폭넓은 독자층에게서 다양한 반응과 해석을 동시에 끌어내는 전방위 예술품이 될 수 있다는 새로운 기원을 열었습니다. 다른 분야에 종속되지 않는 독자적인 예술 장르로 발전해 가는 중이지요. 그림책의 텍스트는 이런 발전에서 절반의 역할을 담당하는 분야입니다. 그림과 마찬가지로 글 텍스트에 대해 교육적 차원을 넘어서는 심미적, 심리적, 언어과학적 차원으로도 접근하고 탐구할 필요가 있을 것입니다.

다른 장르의 텍스트도 마찬가지이지만 특히 그림책에서는 단어 하나하나의 쓰임새, 문장 각 부분의 유기적인 결합, 부분과 전체의 통합적 어울림 등이 치밀하게 짜여야 합니다. 단 한 글자의 조사가 만들어 내는 차이(예를 들면 지렁이 '는' 과 지렁이 '가' 가 어떻게 다른가)를 알고 더 적확한 쪽을 골라내는 날카로운 선별 능력이 필요합니다. 번역 그림책의 문장을 분석하고 검토하고 반성하는 일은

결국 그림책 텍스트에 대한 인식을 끌어올리고, 창작 그림책 글을
쓰고 평가하는 데 유용한 징검다리를 놓는 일과 같을 것입니다.

II

II. 그림책,
어떻게 번역하지?

그림책 번역, 쉽기만 할까?

그림책 번역의 방법
원문을 최대한 존중한다
과감히 변형한다
어미 변화를 활용한다

1. 그림책 번역, 쉽기만 할까?[1]

그림책을 번역하는 일은 시를 번역하는 것과 비슷합니다. 어쩌면 그보다 더 복잡하고 어려운 일인지도 모릅니다. 짧은 텍스트 안에 꽤 규모가 있는 이야기, 상당히 깊이 있고 다양한 정서를 담아내야 하기 때문입니다. 게다가 그 일을 어린아이도 읽을 수 있을 정도로 아주 쉽고 단순한 언어로 풀어내야 합니다.

하지만 단순한 언어로 된 짧은 글이라는 사실 때문에 그림책 번역은 그다지 전문적이지 않은 분야로 간주되어 왔습니다. 해당 언어에 대한 웬만한 지식과 그림책에 대한 약간의 경험만 있으면 누구나 대충 할 수 있을 거라고 여겨졌습니다. 거기에 그림책이란 아직 글을 읽지 못하는, 혹은 간신히 글을 읽는 아주 어린 아이들이 보는 책이라는 인식이 지배적이었을 때(지금은 많이 달라지고 있는 중이지만요) 그림책 글은 참 쉽게 훼손되곤 했습니다. 아이들의 독서 능력에 맞춘다는 의도 아래 원문이 잘려 나가고, 외국 이름이 우리 이름으로 바뀌고, 표현이 달라지는 식으로 말이에요. 원문과는 전혀 다른 번역으로 작품 세계의 방향이 뒤틀리는 경우도 있었습니다.

---

1) 2011년 한국어린이문학교육학회 춘계학술대회에서 발표한 글입니다.

1980년대 한국이 아직 세계저작권 협약에 가입하지 않았을 때 나왔던 한 그림책 시리즈를 볼까요. 그 시리즈는 우리에게 좋은 외국 그림책을 풍성하게 접하는 즐거움을 안겨 주면서 그림책의 세계에 눈을 뜨게 해 준 원천이었습니다. 하지만 책의 판형은 원서의 개별 사이즈를 무시한 일률적 형태였습니다. 전집으로 서가에 꽂혀

레오 리오니 글 · 그림, 최순희 옮김, 《프레드릭》, 시공주니어, 2013

야 하는 편의성 때문이었겠지요. 판형만큼 글도 개성 없는 일률적인 번역으로 아쉬움을 주기도 했습니다. 명백한 오역 혹은 지나친 교열로 원작의 주제가 왜곡된 경우도 있었습니다. 레오 리오니의 《프레드릭》에서 마지막 장면입니다. 친구들이 "프레드릭, 너는 시인이야!" 라고 감탄하자 프레드릭이 "나도 알아!"라며 수줍으면서도 자랑스럽게 말하는 대목이 "고마워!"로 바뀌었습니다. 아마도 프레드릭의 이 발언을 교만으로 받아들인 번역자나 편집자 혹은 발행인이 아이들에게 교육적으로 바람직한 가르침을 주기로 결정했을지 모를 일입니다. 그리하여 늘 뒤처지고 게을러서 쓸모없는 존재로 홀대받던 프레드릭이 시인으로서의 자기 정체성을 인정받고 자인하는, 빛나는 자기 발현의 순간이 난데

없는 겸손으로 빛을 잃으며 주제가 없어지고 맙니다.

그러나 최근에는 독자적인 예술 장르로서의 그림책에 대한 관심이 높아지면서 그림책의 글이 받는 시선도 보다 신중하고 섬세해지고 있습니다. 텍스트가 단지 내용을 전달하는 도구가 아니라 미학적, 문학적으로 순도 높고 복잡 미묘한 장치라는 인식도 떠오르는 것입니다. 그림은 선이 어떤 굵기인지, 색감이 어떻게 미묘하게 바뀌었는지 같은 작은 장치로 장면의 뉘앙스나 작가의 의도를 말할 수 있습니다. 글도 마찬가지로 단어 하나, 조사 하나가 큰 차이를 만들어 냅니다. 그림책의 글을 살피는 일은 그 인식을 기본으로 해야 합니다.

우리는 창작 그림책을 스스로 만들기 이전에 단기간에 엄청난 양으로 밀려들어 온 외국 그림책으로 먼저 그림책의 문법을 접하기 시작했습니다. 그러니 그림책 텍스트의 기본 속성과 개별적 특성을 번역 그림책을 통해 파악하기 시작한 것은 자명한 일입니다. 이때 긴요한 작업이 번역 과정의 추적, 그리고 원본과 번역본의 대조·비교입니다. 원 텍스트를 꼼꼼히 분석하면 그림책 글의 기본 속성과 개별적 특성을 파악할 수 있습니다. 번역본과 원본을 비교해 보면 더 흥미로운 사실들이 드러납니다. 글을 들여오는 과정에서 일어나는 문화적, 언어적, 이데올로기적 충돌과 역학 관계를 관찰할 수 있는 것입니다. 그림책의 그림은 원형이 거의 그대로 옮겨지지요. 그에 비해 글은 번역 과정에서 수많은 의식적·무의식적 변화와 순화, 오역과 왜곡, 전환과 전용 현상이 발생합니다. 이 현상을 주의 깊게 살피면 그림책의 글은 단순한 번역 문제를 넘어 서로 다른 언어와 문화와 이데올로기의 실재를 보여 줍니다. 우리 자신의 정체성을 다시 확인하게 해 주고, 다른 언어와 문화를 다시 인식하게 해 줍니다. 그러면서 우리의 시각에 새로운 지평을 가져다줄 수도 있을 것입니다.

  그러한 작업의 한 걸음을 위해 나는 몇 개의 번역 텍스트를 대상으로 원문과 번역문을 비교해 보려고 합니다. 20여 년간 300권 이상 그림책을 번역한 경력을 토대로 번역상의 원칙과 문제점을 가장 단적으로 보여 줄 수 있다고 생각하는 책 몇 권을 가려 보았습니다. 내가 번역한 책이 아니더라도 아주 단순한 텍스트가 얼마나 미묘하고 다양한 방식으로 번역될 수 있는가를 보여 주는 책도 한 권 골랐습니다. 번역학을 공부한 적이 없으니 순전히 경험적 사례 보고라는 점을 이해해 주시면 좋겠습니다.

2. 그림책 번역의 방법

1) 원문을 최대한 존중한다

 번역의 가장 기본적인 원칙은 원문을 최대한 존중하는 일입니다. 번역자의 기본자세는 텍스트 전체의 문체 특성을 파악하고, 문장 하나, 단어 하나에서도 작가의 의도와 목표를 읽어 내어 그것을 살리면서 우리말로 적절하고 명확하게 표현하는 것입니다. 그러나 이 자명하면서도 간단해 보이는 원칙을 지키기가 쉽지는 않습니다. 원작자의 문체적 특성을 파악하기에 그림책의 글은 너무 짧은 경우가 많기 때문입니다. 이런 문제를 해결하기 위해서는 작가의 다른 책들도 찾아서 살펴보고, 그 책들 간의 공통된 특성, 작품에 따른 차이점 등을 분별해 내는 작업이 필요하겠지요. 단어 하나가 가지고 있는 수많은 뜻 중에서 문맥에 딱 맞는 역어를 골라내고 다듬어서 다른 단어들과 어울리는 조합을 만들어 내는 과정도 지난합니다.

 일을 쉽지 않게 만드는 걸림돌 중 하나는 어려운 단어, 긴 문장, 외국의 낯선 풍습이나 환경 같은 요인들 때문에 말을 생략하거나 묘사를 더하거나 설명을 덧붙이고 싶은 유혹입니다. 어린 독자들을 배려해서 더 쉽고 친절한 텍스트를 제공해야 한다는 교육적 목표도 이 유혹에 무게를 더합니다. 특별히 교육적 계몽적 신념이 투철한 편집자나 발행인을 만날 경우, 교열 과정은 더욱 험난해집니다.

비아트릭스 포터 글·그림,
신지식·김서정 옮김,
《피터 래빗 이야기》,
한국프뢰벨주식회사, 1996

원문을 최대한 존중한다는 원칙을 지켜야 하는 번역에서는 이런 유혹이나 험난한 교열 과정을 이겨 내는 힘이 필요합니다. 특히 번역해야 할 책이 그림책 평가의 기준에 한 사례가 되는 책으로 자리매김했다거나 종종 분석의 대상으로 오른다거나 하는 경우는 더욱 그렇습니다. 내가 공동번역자로 참여한 《피터 래빗 이야기》를 예로 들어보기로 합니다.

19세기 후반에 나온 《피터 래빗 이야기》는 현대 그림책 작가들에게 큰 영향을 끼쳤으며, 주인공인 피터 래빗은 세계 최초의 캐릭터 상품으로 발전할 정도의 친화력과 파급력을 지니고 있습니다. 이 책의 텍스트는 힘 있으면서도 우아한 언어를 사용하고, 경쾌한 리듬감과 재미있는 의성어, 의태어로 아이들이 소리 내어 읽기 좋다는 평을 받습니다. 그러나 백 년 전의 영국식 영어에는 현대식 미국 영어에 익숙한 우리에게는 상당히 낯선 면모가 많지요. 귀족적이라고 표현하고 싶을 정도로 격식을 갖춘 어려운 단

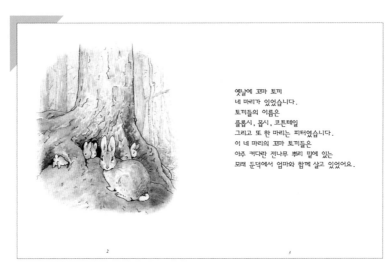

옛날에 꼬마 토끼
네 마리가 있었습니다.
토끼들의 이름은
플롭시, 몹시, 코튼테일
그리고 또 한 마리는 피터였습니다.
이 네 마리의 꼬마 토끼들은
아주 커다란 전나무 뿌리 밑에 있는
모래 둔덕에서 엄마와 함께 살고 있었어요.

비아트릭스 포터 글·그림, 신지식·김서정 옮김, 《피터 래빗 이야기》, 한국프뢰벨주식회사, 1996

어와 긴 문장도 간혹 등장합니다.

이 책의 번역 텍스트에서는 원문 텍스트와의 차이점이 드물지 않게 발견됩니다. 원문에 없는 묘사와 설명이 덧붙여진 경우가 많으며, 격식을 갖춘 어려운 단어가 쉽고 편안한 표현으로 순화되는 문장들도 종종 나타납니다. 번역이 누락된 부분도 서너 군데 눈에 띕니다. 몇 장면의 일러스트가 빠지고 앞뒤 장면으로 텍스트가 나뉘어 들어가기도 합니다. 원문에서는 3인칭으로 전개되던 시점에 1인칭 시점이 끼어드는 문장들이 있지만 번역문에서는 1인칭 시점이 명기되지 않습니다. 이 번역본이 나온 1996년은 그림책이 지금처럼 진지한 아동문학[2]의 한 장르로 인식되면서 학문적 탐구의 대상이 되기 이전이었기 때문에 이런 번역 방식이 사용되었던 것입니다. 또한 책을 펴낸 곳이 유아 교재 전문 출판사라는 점도 번역 순화 과정에서 결정적인 요인으로 작용했을 것입니다. 당시 번역을 시작한 지 얼마 되지 않았던 나는 이런 점들을 크게 고민하지 않았습니다. 지금 다시 보면 아쉬운 것이 한두 가지가 아닙니다. 하지만 이런 과거를 거쳐서 우리가 지금 여기까지 온 것이지요. 나는 여기서 순화된 번역을 검토하고 재고하면서[3] 원문을 최대한 존중하는 번역의 길을 모색해 보려고 합니다.

이 책의 텍스트는 이렇게 시작합니다.

옛날에 꼬마 토끼	Once upon a time there were
네 마리가 있었습니다.	four little Rabbits, and their
토끼들의 이름은	names were ―――
플롭시, 몹시, 코튼테일	Flopsy,
그리고 <u>또 한 마리는</u>	Mopsy,

---

2) 당시에는 여전히 그림책이 아동문학 차원에서만 연구되고 있었습니다. 그림책을 제10예술로 규정하려는 지금의 움직임과 상당한 거리에 있습니다.

3) 말하자면 나는 자아비판을 하려는 것입니다.

피터였습니다.
이 네 마리의 꼬마 토끼들은
아주 커다란 전나무 뿌리
밑에 있는
모래 둔덕에서 엄마와 함께
살고 있었어요.

Cotten-tail,
and Peter.
They lived with their Mother
in a sand-bank, underneath the
root of a very big fir-tree.

이 페이지에서 가장 흥겨운 리듬은 아기 토끼들의 이름에서 나옵니다. 플롭시, 몹시, 코튼테일, 앤 피터. 원서에서는 이 이름들이 한 줄씩 차지하면서 리듬과 강세에 필요한 시간적 공간이 확보됩니다. 이름을 하나씩 강조하면서 소리 내서 읽다 보면 청각적 운동감이 느껴지지요. 이름들이 사선으로 처리된 편집 방식은 시간적 운동감을 함께 부여합니다. 시작 페이지부터 시각적·청각적 활기가 강조되지요? 하지만 번역본에서는 그런 활기가 상당 부분 상실됩니다. 세 토끼 이름이 그냥 쭉 한 줄로 나열되거든요. 게다가 원문에 없는 '또 한 마리는'이라는 대목이 나옵니다. 부연된 '또 한 마리는'은 아마도 이 이야기의 주인공이 피터임을 강조하려는 의도였을 것입니다. 텍스트를 어느 자리에 어떻게 배치하는가 하는 편집적 요소는 그림책 완성도에서 매우 중요한 부분이지만, 이 글의 논의 대상은 아니기 때문에 이에 대한 언급은

비켜 가기로 합니다.

이 텍스트에서 원문과 다른 부연, 누락, 부정확한 부분을 추리면 다음과 같습니다. 번역본의 밑줄 친 대목은 원본에 없는 말이 들어간 부연입니다. 원본의 이탤릭체로 표시된 대목은 번역되면서 빠진 부분입니다. 원본과 번역본에 굵게 표시한 볼드체는 번역이 부정확하거나 순화, 왜곡된 부분입니다.

① "Now, my dears," → "귀여운 우리 아기들아, 엄마 말 잘 들으렴."

② "Your father had an accident there; he was put in a pie by Mrs. McGregor." → "너희 아버지도 그곳에서 사고를 당하셨잖니. (붙잡혀서 맥그리거 씨 부인이 만든 요리 속에 들어가는 신세가 되어 버렸어요.)"

③ She bought a loaf of brown bread and five currant buns. → 그리고 고소하게 구워진 갈색 빵 한 덩어리와 건포도가 잔뜩 든 둥근 빵 다섯 개를 샀습니다.

④ and then he **ate** some radishes. → 그리고 싱싱한 무도 **조금 맛보았지요.**

⑤ And then, feeling rather sick, he went to look for some parsley. → 왠지 배가 조금 아파졌어요. 그래서 배 아플 때

먹는 파슬리가 어디 없는지 찾아다녔습니다.

⑥ Peter was most dreadfully frightened. → 깜짝 놀란 피터는 몹시 겁이 났습니다.

⑦ Presently Peter sneezed - "Kertyschoo!" Mr. McGregor was after him in no time, → 그런데 바로 그때 피터가 그만 "으이취!" 하고 큰 재채기를 해 버렸지 뭐예요. (차가운 물 속에 너무 오래 있었기 때문에 감기 걸린 건 아닌지 모르겠어요.) 맥그리거 씨는 쏜살같이 달려왔습니다.

⑧ And tried to put his foot upon Peter, who jumped out of a window, upsetting three plants. The window was too small for Mr. McGregor, and **he was tired of** running after Peter. *He went back to his work.* → 맥그리거 씨가 그 큰 발로 피터를 막 짓밟아 잡으려는 순간이었어요. 피터는 재빨리 화분 세 개를 연달아 뒤엎으면서 창문 밖으로 빠져나갔습니다. 그러나 그 창문은 맥그리거 씨가 빠져나가기엔 너무 작았고, 또 맥그리거 씨는 피터를 뒤쫓아 한참 뛰어다녔기 때문에 **몹시 숨이 차 있었지요.**

⑨ he was out of breathe and trembling with fright, and he had not the least idea which way to go.→ 겁에 질려 숨을 헐떡이며 덜덜 떨고 있었는데, 너무 혼이 나서 어느 길로 도

망쳐야 할지 갈피를 잡을 수가 없었습니다.

⑩ After a time he began to wander about, going **lippity - lippity - not very fast,** and looking all round. → 잠시 뒤에 피터는 빠져나갈 문을 찾기 위해 사방을 잘 살피면서 **살금살 금** 돌아다니기 시작했습니다.

⑪ He found a door *in a wall*. → 드디어 피터는 문을 찾았습 니다.

⑫ An old mouse was running in and out *over the stone doorstep*, carrying peas and beans to her family in the woods. Peter asked her **the way to the gate** but she had such a large pea in her mouth that she could not answer. → 완두콩과 강낭콩을 입에 문 할머니 쥐가 왔다 갔다 하고 있었습니다. 숲속의 가족들을 먹이기 위한 양식인가 봐요. 피터는 할머니 쥐에게 **밖으로 나가는 길**을 물었습니다. 하지 만 할머니 쥐는 너무 큰 콩을 입에 물고 있었기 때문에 대답 할 수가 없었습니다.

⑬ Peter began to cry. → 피터는 그만 울음을 터뜨리고 말았습 니다.

⑭ but he began more and more puzzled. → 그러나 길은 갈수 록 복잡해져서 어디가 어딘지 도무지 찾을 수가 없었어요.

⑮ A white cat was staring at some goldfish; → 하얀 고양이가 물가에 앉아서 금붕어를 뚫어지게 보고 있었어요.

⑯ he heard the noise of a hoe - scr-r-ritch, scratch, scratch, scritch. Peter scuttered **underneath** the bushes. → 괭이로 흙을 파는 소리가 들려 왔습니다. '스르륵, 스르륵, 스르륵 ……' 겁이 덜컥 난 피터는 재빨리 덤불 **속으로** 기어들어 가 숨었습니다.

⑰ Mr McGregor hung up the little jacket and the shoes for a scarecrow to frighten the blackbirds. → 맥그리거 씨는 피터가 벗어 놓고 간 파란 윗도리와 신발로 까마귀를 쫓는 허수아비를 만들어 밭에 세웠습니다.

⑱ He was so tired that he flopped down upon the nice soft sand on the floor *of the rabbit-hole*, and shut his eyes. → 그리운 집에 오자마자 너무나 지쳐 버린 피터는 부드러운 모래 위에 발랑 드러누워 눈을 감았어요.

⑲ His mother put him to bed, and made some camomile tea; and she gave a dose of it to Peter! → 엄마는 피터를 침대에 눕힌 다음, 감기에 좋은 쓰디쓴 족제비쑥차를 끓였습니다. 그리고 그 쑥차가 다 끓자 피터에게 한 잔 갖다주며 말했습니다.

드디어 피터는 문을 찾았습니다.
그러나 벽에 붙은 그 문은
단단히 잠겨 있었고,
살찐 꼬마 토끼가
밑으로 빠져 나갈 틈은 없었어요.
완두콩과 강낭콩을 앞에 둔
할머니 쥐가 왔다갔다하고 있었습니다.
숲 속의 가족들을 먹이기 위한 양식인가 봐요.
피터는 할머니 쥐에게
밖으로 나가는 길을 물었어요.
그러나 할머니 쥐는 너무 큰 콩을
입에 물고 있었기 때문에
대답할 수가 없었습니다.
그냥 머리만 흔들 뿐이었지요.
피터는 그만
울음을 터뜨리고 말았습니다.

비아트릭스 포터 글 · 그림, 신지식 · 김서정 옮김, 《피터 래빗 이야기》, 한국프뢰벨주식회사,
1996

⑳ But Flopsy, Mopsy, and Cotten-tail had bread and milk and blackberries for supper. → 피터가 쓴 약을 먹고 있을 때, 엄마 말을 잘 들은 플롭시, 몹시 그리고 코튼테일은 저녁밥으로 고소한 빵과 우유와 산딸기까지 맛있게 먹었답니다.

● 부연의 문제

번역본에서는 거의 모든 페이지에서 부연된 대목을 발견할 수 있습니다. 이 덧붙여진 대목의 성격은 상당 부분이 사물, 상황, 사건에 대한 감성적이고 확대적인 설명(③, ④, ⑥, ⑱, ⑳)이나 논리적

인 설명(⑤, ⑦, ⑨, ⑩, ⑫, ⑭, ⑲)들입니다. 원문의 아무 꾸밈 없는 갈색 빵, 건포도 빵, 무는 그 사물에 대한 가장 기본적인 사실만 알려 주면서 다른 감각 없이 사물 그 자체를 우선 떠올리게 합니다. 여기에는 작가의 의도에 대한 두 가지 해석이 가능합니다.

하나는, 작가가 그 장면에서 독자들의 주의를 빵이 아니라 그것을 사러 가는 동작, 무가 아니라 그것을 먹는 동작으로 돌리기 원했을 것이라는 해석입니다. 그림들을 보면 그런 해석이 나옵니다. 엄마 토끼는 한껏 차려입고 숲속 길을 걷습니다. 피터는 득의양양한 자세로 무를 먹고요. 엄마가 숲길을 걸어가서 빵을 사는 동안 피터는 정원으로 가서 무를 조금 맛보는 정도가 아니라 본격적으로 먹는 것입니다. 그러니까 중요한 것은 빵이 고소하다든가 건포도가 잔뜩 들었다든가 무가 싱싱하다든가 같은 옆으로 퍼지는 곡선적인 세부 사항이 아니라 앞으로 나아가는 직선적인 행동입니다. 다른 하나는, 작가가 독자들에게 각각 자신의 경험과 감각을 적용시키기를 원했을 것이라는 해석입니다. 민담의 글이 모든 꾸밈을 제거하고 단순히 왕자, 공주, 막내, 숲, 오두막이라는 순화된 소재를 사용함으로써 적용 가능한 구체적 인간이나 사물의 범주를 무한대로 넓힐 수 있는 방식과 마찬가지입니다.

그러나 번역문에서는 고소한, 건포도가 잔뜩 든, 싱싱한 등의 형용이 붙으면서 독자의 후각과 시각과 미각이 건드려집니다. 동시에 빵과 무의 성격이 역자의 의도 혹은 기호에 맞춰 결정됩니다. 독자들의 주의는 빵이 구워지는 과정, 고소한 냄새, 검은 건포도가 하얀 빵에 빼곡하게 박혀 있는 모양, '싱싱한'에서 연상되는 무의 물기와 씹을 때의 아삭아삭 소리로 돌려집니다. 저자가 역동적으로 나아가는 동안 역자는 감성적으로 사물의 분위기를 확장시킵니다. 그리고 이 감성의 확장은 원문의 역동성과 속도감을 억제하는 작용을 합니다.

논리적인 설명을 덧붙이는 부연도 이런 억제의 효과를 낳습니다. 역자는 아마도 우리에게 낯선 파슬리나 족제비쑥차(지금은 카모마일 티가 널리 쓰이고 있어서 족제비쑥차라는 정성스러운 우리말이 오히려 낯설어 보입니다)가 왜 거기에 나왔는지, 어디에 쓰이는지를 어린 독자들에게 알려 주어야 한다는 의무감이 있었던 것 같습니다. 그래서 '배 아플 때 먹는'(⑤)이나 '감기에 좋은 쓰디쓴'(⑲)을 덧붙였겠지요. 그러나 '배가 조금 아파서 파슬리를 찾아 나섰다'는 문맥에서는 파슬리가 배 아플 때 먹는 채소일 것이라는 유추가 가능합니다. 이 부연 설명은 원문의 속도감을 반감시키면서, 아이들이 파슬리에 대해 스스로 미루어 짐작하거나, 다른 매체를 통해 검색하거나, 다른 사람들과 대화로 알아낼 수 있는 기회를 제한합니다.

족제비쑥차는 감기에 걸렸다 싶을 때 서구에서 흔히 마시는 차이지만, 감기뿐 아니라 두통·염증·스트레스 등 다양한 증상을 완화시키는 차로도 알려져 있습니다. 원문에는 피터가 감기에 걸렸다는 단언 없이 '별로 좋지 않았다(not very well)'는 포괄적인 표현을 씁니다. 그러나 번역에서는 피터의 증상을 감기로 진단합니다. 전체 본문에서 매우 드물게 한두 단어나 구 정도가 아니라 온전한 한 문장의 부연 설명이 들어가는 ⑦(차가운 물속에 너무 오래 있었기 때문에 감기 걸린 건 아닌지 모르겠어요)의 경우는, 피터가 이 차를 마셔야 하는 근거를 감기로 단정하려는 의도가 명백한 듯합니다. 그러나 죽음의 문턱을 넘나드는 필사의 모험을 하고 온 피터의 몸은 여느 일상적인 병의 증상과는 다른 대변혁을 겪고 있지 않을까요. 그것을 물이 담긴 물뿌리개에 들어갔기 때문에 걸린 감기로 국한시킴으로써 번역본은 그 스케일의 중요한 국면을 놓치는 것으로 보입니다.

감기에 좋다는 이유와는 거리가 먼 '쓰디쓴'이 족제비쑥차를 설명하는 표현으로 함께 붙어 있는 것은, 논리적으로 설명하는 데 덧붙여 피터가 먹는 족제비쑥차의 징벌적 성격을 강조하려는 의도인 것 같습니다. 이 의도는 ⑳에서 확인됩니다. 엄마 말을 안 들은 피터는 '쓴' 약을 먹고, 엄마 말을 잘 들은 다른 아기 토끼들은 '고소한' 빵에 산딸기 '까지 맛있게' 먹었으니 너희들도 엄마 말을 잘 들어야 한다는 교육적 훈계가 울려 나오는 것입니다. 이

교훈은 이야기 첫머리 ① '엄마 말 잘 들으렴.' 에서 이미 선언되어 있습니다. 그리하여 원문에 없는 "엄마 말 잘 들으렴." 이 결국 이 작품의 주제이자 교훈으로 못 박힙니다.

②에서는 흥미롭게도, 문장 부호가 덧붙여져 있습니다. 엄마의 말 중 마지막 대목이 괄호 속에 들어가 있는 것입니다. 이 책을 번역할 당시는 아버지가 사람에게 잡혀 죽임을 당한 정도가 아니라 요리 속에 들어가 먹혔다는 사실을 엄마가 아이들에게 아무렇지도 않은 듯 발언하는 것이 충격적이고 비교육적인 처사로 여겨졌습니다. 사실 교열 과정에서 이 문장을 빼야 한다는 주장을 두고 토론이 벌어지기도 했지요. 결국 누락 위기는 모면했지만 괄호 속으로 들어감으로써 엄마가 발언하지 않은 말로 숨겨졌습니다. 원본의 이 대목은 금지된 것을 향한 욕망, 그 욕망으로 인한 멸망은 토끼에게도 인간에게도 어쩔 수 없이 발현되는 위험한 본성과 삶의 조건임을 보여 줍니다. 그러면서 아버지는 비극적 최후를 맞을 수밖에 없었지만 피터는 그 운명을 넘어섰고, 상실과 상처를 겪기는 했지만 승리하여 돌아오는 영웅이 된다는 결말을 보여 줌으로써 이야기를 일종의 영웅담으로 만듭니다. 이 이야기를 한 철없는 말썽꾸러기인 아기 토끼가 엄마 말을 안 들어서 혼이 난 하루의 모험담으로 간주할지, 일상의 삶 속에 숨은 신화적 모티프의 흔적을 찾을 수 있는 영웅담으로도 볼 수 있을지, 번역의 과정

비아트릭스 포터 글 · 그림, 신지식 · 김서정 옮김, 《피터 래빗 이야기》, 한국프뢰벨주식회사, 1996

은 그 범주의 사고까지 요구합니다.

● 누락의 문제

⑧의 'He went back to his work.'를 제외하면 이 번역문에서 누락된 부분은 몇 개의 사소한 단어나 구 정도입니다(이 문장 ⑧에 대해서는 '부정확의 문제'에서 다루기로 합니다). ⑪로 가볼까요? 'He found a door in a wall.'에서 누락된 in a wall은 사실 옮기기가 까다로운 구절입니다. '벽 속의 문'이라는 표현이 우리에게는 익숙하지 않기 때문입니다. 문이란 게 원래 벽 속에 있는 것이기 때

문에 불필요한 설명으로 보이기도 합니다. 형용을 배제하고 사물 자체만 제시하는 원문의 스타일을 고려하자면 이 형용사구는 없애는 편이 더 나을 것 같기도 합니다.

그러나 이야기에 나오는 '문'이 두 가지가 있다는 사실을 유념하면 번역에 보다 섬세한 주의가 필요함을 알 수 있습니다. 피터가 찾는 것은 '울타리 문'으로 번역된 gate입니다. 주로 '대문'의 대응어인 gate는 어느 한 영역의 내부와 외부의 경계를 표시하는 상위 개념의 출입구입니다. 그에 비해 '출입문'의 대응어인 door는 그 영역 내부에서 세분된 공간 사이를 다닐 수 있도록 만든 하위 개념의 출입구입니다.[4] 피터는 자신이 들어왔던 gate를 찾아다니지만 그가 발견한 것은 door입니다. 이 책의 그림에서 묘사하는 gate는 널판으로 엮인 트인 구조이지만 door는 빈틈없이 막힌 구조이고, 게다가 '벽 속에' 있습니다. 그것은 문이라기보다는 벽에 가깝습니다. 죽음의 위협에서 달아나려는 피터에게 출구는 보이지 않고 막다른 길의 완강한 벽이 막아서고 있는 것입니다. ⑫에서 누락된 stone doorstep, '돌로 된 문간'은 그 완강함을 배가시키고 냉기까지 뿜어냅니다. 이 막막하고 오싹한 상황이 다음 장면에서 피터를 눈물 흘리게 만듭니다. 이 장면은 전

---

4) 번역을 제대로 하려면 건축에도 밝아야 합니다.

체 이야기 가운데 가장 감상적입니다. 일러스트까지 합하면 거의 신파적일 정도로 피터의 감정이 흘러넘치지요. 그런데 비아트릭스 포터는 이 감상을 '드디어' 문을 찾았다거나 '그만' 울음을 터뜨리'고 말았다'는 극적이고 감상적인 표현이 아니라 그 감상이 나오도록 만드는 사실과 정황의 객관적이고 간명한, 그러나 강건한 묘사를 통해 이룹니다.

gate와 door의 애매한 구분은 'the way to the gate'를 '밖으로 나가는 길'로 번역하는 오류로 끌어갑니다. '문'을 찾았는데 또 '문'으로 가는 길을 물어보는 것이 부적절하다고 여겨질 수 있기 때문입니다. 그러나 우리말로 gate와 door처럼 형태상으로나 개념상으로 명쾌하게 대비되는 말, 그것도 아이들도 금세 이해할 수 있을 정도로 일상적으로 쓰이는 단어들을 찾기가 어렵습니다. 그 때문에 편의적인 번역에의 유혹은 물리치기가 쉽지 않지요. 개념어보다는 묘사어가 발달한 한국어의 특성상 이런 경우는 드물지 않게 발생합니다.

● **부정확의 문제**

오역까지는 아니더라도 원 단어나 문장의 뜻에서 약간 벗어나 있는 번역도 몇 군데 눈에 띕니다. '몹시 숨이 차 있었지요.'로 옮겨진 'he was tired of'는 '지쳤다'와 '싫증이 났다'라는 두 가지 서로 다른 해석이 가능합니다. 어느 쪽으로 옮겨야 할까요? 얼핏, '싫증이 났다' 보다는 '지쳤다' 가 원문의 맥을 따르자면 옳은 번역일 듯해 보입니다. 싫증이 나는 것은 그다지 긴요하지 않고 재미도 없는 일이 오래 지속될 때 수반되는 감정과 상태이지만 맥그리거 씨가 피터를 쫓는 일은 그 성격과는 거리가 있어 보이기 때문이지요. 그림 속의 맥그리거 씨에게 난 기다랗고 하얀 수염으로 미루어 짐작건대 그는 노년기에 접어든 것으로 보입니다. 그 나이에 필사적으로 달리는 어린 토끼를 따라 구불구불하고 울퉁불퉁한 밭과 정원 사이 길을 뛰는 일은 꽤 힘들었을 것입니다. 그러니 그는 지쳤다고 보는 게 타당한 것 같습니다. 하지만 이 번역본에서는 지쳤다가 아니라 **'몹시 숨이 차 있었지요.'** 라는 표현을 씁니다. '숨이 차다' 와 '지치다' 사이에는 좁지 않은 간극이 있습니다. 상황으로 보자면 맥그리거 씨는 숨도 차고 지치기도 했을 것입니다. 그러나 다른 상황으로 가 보면 지친 사람이 모두 숨이 찬 것은 아니고, 숨찬 사람이 모두 지친 것도 아닙니다. 사전적 의미로 봐도 '숨이 차다' 는 tired of에 대한 역어로는 딱 들어맞지 않습니다. 상황에 대한 고려가 언어 자체의 정확한 대응 태도를 앞선 것으로 보이는데, 이러한 태도는 충분한 근거가 있을 때에만 신중한 검토를 거쳐 취해야 할 것입니다.

이 번역은 다음 문장, 'He went back to his work.' 를 누락시킨

원인으로 보입니다. 숨이 차서 헐떡거린다면 이 할아버지는 좀 앉아서 쉬어야 할 텐데 일하러 돌아갔다니, 상황이 잘 연결이 되지 않는 것입니다. 이 딜레마를 번역문은 문장 자체를 누락시킴으로써 해결하려고 한 듯합니다. 그러나 저자가 굳이 이 문장을 넣은 데에는 이유가 있지 않을까요. 이유는 무엇일까요. 상황을 다시 거슬러 올라가 봅니다.

맥그리거 씨는 연장 창고 속에서 화분을 하나하나 신중하게 들어 올리면서 그 아래를 살펴봅니다. 화분의 수는 꽤 많아 보이고, 그 일은 시간이 상당히 걸릴 것으로 보입니다. 맥그리거 씨는 그 사이에 숨을 좀 고를 수 있시 않았을까요? 그러던 끝에 피터가 창문으로 도망갔지요. 작은 연장 창고 안에서 창문까지 뛰는 데는 그다지 큰 에너지가 사용되지 않았을 테니 맥그리거 씨는 그렇게 지치지도, 숨이 차지도 않은 상태가 아니었을까요? 그렇다면 tired of는 '싫증이 났다'는 뜻이 될 수도 있는 일입니다. 실제로 다 잡았다 싶은 토끼를 번번이 놓치는 일은 사람 맥을 꽤 풀어 놓는 일이니, 맥그리거 씨는 그만 짜증이 나고 싫증이 났을 수도 있을 것입니다. 여기서 역자는 다시 딜레마에 봉착합니다. 이 중의적인 표현 tired of를, 두 가지 뜻을 다 살리면서 옮겨야 하는데, 방법이 없는 것입니다. 그렇다면 다시, 지쳤다와 싫증이 났다 중 어느 뜻을 살려야 할지 고민이 이어집니다. 이때 확실한 원칙 하나는 뒤이은 문장 'He went back to his work.'를 누락시키지 않을 수 있는 문맥을 만들어 주어야 한다는 것입니다.

포터는 왜 이 문장을 넣은 것일까요? 어쩌면 맥그리거 씨가 충실한 농부임을 알리고 싶었을지도 모른다고 생각할 수 있지 않을까요? 소리소리 지르며 쇠스랑을 들고 피터를 쫓아오는 설정은 그를 몰인정하고 잔인한 노인으로 몰고 갈 수도 있겠지요. 하지만 작가는 그가 다만 자신의 농작물을 지키고 어떤 상황에서도 농부로서의 본분을 다하는 인물로 그리려 한 듯합니다.[5] 피터가 잃은 옷과 신발로 허수아비를 만드는 장면에서도 맥그리거 씨의 그런 성격이 드러납니다. 농작물 도둑인 토끼를 잡으러 달리고, 허수아비를 만들어 세워 까마귀를 쫓으려는 시도들이 모두 실패로 돌아가기는 하지만 그것이 농부의 본분이고, 본능에 따라 모험을 불사하는 토끼와의 대결은 피할 수 없는 승부임을 포터는 말하려 한 것으로 보입니다. 그렇다면 번역문은 맥그리거의 그런 성격을 제대로 살리고 있을까요? 부정확한 한 표현, 누락된 한 문장에 대한 검토는 이런 반성으로 이어집니다.

'lippity-lippity-not very fast'는 피터가 출구를 찾아 조심스럽

---

5) 실제로 비아트릭스 포터 자신이 그런 농부였습니다. 포터가 노년에 농사짓고 가축을 키우면서 농부로 살았던 마을의 아이들은 그녀를 '심술궂은 할머니'로 기억했다고 합니다. 20대 초반 포터가 작품 속에 노년의 자신을 맥그리거 할아버지로 미리 집어넣은 걸까요?

게 뛰는 모습을 묘사한 말입니다. lippity는 비아트릭스 포터가 만들어 낸 단어로, 재채기 소리인 Kertyschoo와 함께 아이들이 재미있어 하면서 입에 올리는 신조어였다고 합니다. lippity가 의성어인지 의태어인지, 단어 자체만으로는 가늠할 수 없어 보입니다. 그러나 뒤에 따라오는 not very fast는 그 말이 의태어라는 것과 더불어 어떤 모습을 그렸는지도 짐작하게 해 줍니다. 동사 wander에 가서 걸리면서 이리저리, 그다지 빠르지 않은 속도로 lippity lippity하게 돌아다닌다는 조합이 나오는 것입니다. 이 텍스트와 결합된 일러스트를 보면 그 모습이 보다 명확해집니다. 피터의 앞다리와 뒷다리 사이는 상당히 벌어져 있고, 뒷다리의 발바닥 면은 땅에서 거의 수직에 가까운 각도로 들어 올려 있습니다. 그렇다면 번역문의 '살금살금'은 적합하지 않은 역어가 됩니다. 살금살금은 아주 조심스럽게 몸을 웅크리고 주위를 살피며 좁은 보폭으로 걷는 모습을 떠올리게 하기 때문입니다. 원본의 글과 그림이 묘사하는 피터의 돌아다니는 모습과는 상당한 거리에 있는 단어지요. 이 표현은 살금살금보다는 오히려 깡충깡충에 가까운 신조어를 만들어, not very fast도 살려 주면서 번역했어야 했을 것입니다. 이것은 원문에 천착하지 않은 채, 어떤 사람이 들키지 않으려고 애쓰면서 도망갈 길을 찾아 두리번거리는 상황에 의례적으로 따라 나오는 익숙한 부사어를 끌어오려는 편의적 발

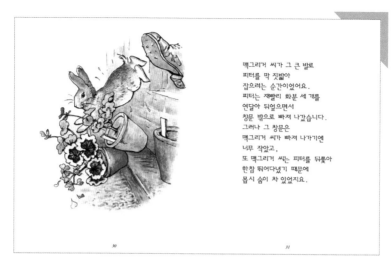

맥그리거 씨가 그 큰 발로
피터를 막 짓밟아
잡으려는 순간이었어요.
피터는 재빨리 화분 세 개를
연달아 뒤엎으면서
창문 밖으로 빠져 나갔습니다.
그러나 그 창문은
맥그리거 씨가 빠져 나가기엔
너무 작았고,
또 맥그리거 씨는 피터를 뒤쫓아
한참 뛰어다녔기 때문에
몹시 숨이 차 있었지요.

비아트릭스 포터 글 · 그림, 신지식 · 김서정 옮김, 《피터 래빗 이야기》, 한국프뢰벨주식회사,
1996

상의 결과로 보입니다.

그렇다면 이 장면에서 작가는 피터를 인간적으로 그리려고 했
던 것일까요? 집요하고 예리한 관찰자였던 비아트릭스 포터는 동
물의 행태와 자세를 정확하게 잡아내고 묘사하는 그림을 그렸습
니다. 그러는 한편 동물들을 의인화시켜서 이야기를 전개하면서
도 그 동물 고유의 생태적 특징과 인간적 속성을 교묘하게 조화
시키는 데 독보적인 솜씨를 발휘한다는 평가를 받습니다. 피터
는 옷을 입고 두 다리로 걷는가 하면 다음 순간에는 옷을 벗어던
지고 네 다리로 달리면서 인간과 토끼 사이의 경계를 수시로 넘

나듭니다. 하지만 이는 피터의 정체성을 희석시키는 것이 아니라 인간성과 동물성을 동시에 분출시키는 다층적 캐릭터를 효과적으로 보여 주는 장치로 해석할 수도 있습니다. 그렇다면 이 장면에서 피터는 인간적인지 동물적인지에 대한 검토가 선행되어야 할 것입니다.

● 시점의 문제

이 텍스트는 삼인칭 전지적 시점으로 진행되지만 두 곳에서 일인칭 시점의 문장이 눈에 띕니다. 책이 출판된 빅토리아 시대 소설이나 동화의 특징 중 하나가 작가가 텍스트에 직접 개입해서 설명을 하며 교훈을 남기는 일이었고, 비아트릭스 포터의 글 역시 그 특징을 보여 줍니다.

① After losing them, he ran on **four legs and went faster**, so that *I think* he might have got away altogether if he had not unfortunately run into a gooseberry net, and got caught by the large buttons on his jacket. → 신발 두 짝을 다 잃어버린 피터는 이번엔 **맨발**로 마구 뛰었습니다. **그 편이 훨씬 빨랐으니까요.** <u>그런데 어쩌지요? 너무 급히 서두르는 바람에 그</u>만 까치밥나무에 걸려 있는 그물 안에 뛰어들어 윗도리의 커

다란 단추가 그물에 걸려 버렸지 뭐예요. 이렇게 되지만 않았더라면 피터는 무사히 도망칠 수 있었을 거예요.

② *I am sorry* to say that Peter was **not very well** during the evening. → 그날 저녁, 피터가 얼마나 **재미없게 보냈는지** 이야기해 드릴까요?

시점은 번역하면서 가장 까다로운 문제 중의 하나입니다. 삼인칭이나 일인칭으로 일관되는 경우에는 그렇지 않지만, 이 텍스트처럼 두 가지가 섞여 있을 때가 그렇고, 이인칭으로 전개되는 텍스트가 더욱 그렇습니다. 영어나 독일어는 대부분의 문장이 주어가 반드시 들어가야 성립됩니다. 그러나 우리말에서는 주어가 생략되는 것이 큰 오류가 아닐뿐더러 문장의 흐름을 더 자연스럽게 만들어 주기도 합니다. 특히 대명사 사용을 꺼리고 인칭대명사 사용은 거의 금기시하는 어린이 책에서는 그 대명사가 가리키는 일반명사나 고유명사를 일일이 다시 붙여 문장이 장황해지는 경우가 많습니다. 이런 문장들을 정확하면서도 자연스럽고 매끄럽게 풀어내는 것이 그림책 텍스트를 번역할 때 관건 중의 하나입니다.

포터는 거의 삼인칭 관찰자 시점처럼 보이는 객관적 묘사들을 통해 이야기를 역동적으로 전개합니다. 하지만 유머나 강조를 통해 작가의 주관적 시선과 개성적 문체를 살짝살짝 보여 주는 문장도 드물지 않습니다. 'Peter, who was very naughty(매우 버릇없었던 피터는)', 'whom should he meet but Mr. McGregor(그 애가 만난 게 맥그리거 씨 아니라면 누구겠어요)!', 'Peter was most dreadfully frightened(피터는 어마무시하게 놀랐어요)', 'It would have been a beautiful thing to hide in(숨어들기에 아름다운 물건이었겠지요)' 같은 경우입니다.

포터의 그런 주관적 시선이 보다 명확하게 드러나는 대목이 일인칭 시점을 사용한 문장입니다. ①에서 'I think he might have got away altogether.' 는 '내가 생각하기에는, 피터가 무사히 도망칠 수 있었을 것이다.' 인데 번역문에서는 '내 생각' 이 빠져 있습니다. 그러나 일인칭 문장이 아니기는 하지만, 이 대목의 번역본에는 작가의 주관적 시선이 들어 있기는 합니다. '도망칠 수 있었을 것이다.' 라는 표현 안에는 이미 서술자가 그렇게 짐작한다, 생각한다는 의미가 포함되어 있기 때문입니다. 또한 일인칭 문장에서는 작가와 사건 사이의 거리가 좁아지고 서술자로서의 작가 존재가 확실히 인식되는 효과가 발생하는데, '단추가 그물에 걸려 **버렸지 뭐예요**.' 라는 표현이 그 역할을 담당합니다. 부연된 '그런데 어쩌지요?' 는 그 효과를 더욱 강화시킵니다. 그러나 같은 효과를 내는 것과, 일인칭 문장임을 확실히 밝히는 것은 다른 문제입니다.

본문의 주관적 시선을 제거하는 대목도 있습니다. 원문의 '불행히도(unfortunately)'는 번역이 누락되었는데, 원문에 없는 '너무 급히 서두르는 바람에'가 아마도 대신 들어가지 않았을까 싶습니다. '불행히도'에는 서술자가 상황을 피터의 '불운'이라고 여기는 주관적 시선이 짙습니다. '너무 급히 서두르는 바람에'는 결과에 대한 원인을 추측, 분석하는 객관적 태도가 더 짙고요.

문장 ②는 형편이 더 좋지 않습니다. 'I am sorry'가 누락되어 있기 때문입니다. 물론 '이야기해 드릴까요?'로 작가가 직접 개입하고 있음을 알리기는 합니다. 하지만 작가가 개입해서 말하고 싶은 요점은 '이야기해 주겠다'가 아니라 '안됐다'입니다. 작가는 피터를 안됐어 하고 딱해 합니다. 피터의 상태가 not very well인 것을 말해야 하기 때문입니다. 그러나 번역문에서는 not very well이 '재미없게 보냈다'로 옮겨집니다. 엄마 말 안 듣고 남의 밭에서 작물을 훔쳐 먹는 말썽꾸러기가 저녁을 재미없게 보냈다는 것 정도로 안됐어 하고 딱해 할 이유가 없지요. 그래서 'I am sorry'는 누락됩니다.

얼핏 시점을 통일하고 우리말의 특성에 따라 자연스럽게 번역하려는 시도로 보일 수도 있는 일인칭 문장의 순화는, 그러나 자세히 살펴보면 그리 간단한 문제가 아닙니다. 앞서 살펴본 바로 밝혀진 교훈적 의도의 부연과 부정확한 번역, 편의에 따른 누락

등의 요인들과 긴밀하게 얽혀 있는 것입니다. 짧은 그림책 텍스트의 번역에는 이렇게 긴 문제가 숨어 있습니다. 번역자는 단어 하나에도 신경을 곤두세우면서 작가의 의도와 원문의 뉘앙스를 파악하고, 가능한 모든 기술을 동원해 그것을 살려 내야 합니다.

2) 과감히 변형한다

그러나 도저히 원문을 존중할 수 없는 경우가 있습니다. 그 나라 말만이 가지고 있는 고유한 특성이나 번역 불가능한 구조적 차이, 미묘한 뉘앙스를 가지고 있는 텍스트가 그렇습니다. 우리말의 다양한 의태어, 예를 들면 뻘갛다·벌겋다·시뻘겋다·새빨갛다·불그레하다·발그레하다·벌긋벌긋하다 같은 말들을 그대로 옮기기가 불가능한 것과 마찬가지입니다. 이런 경우에는 과감히 원문을 버리고 최대한 그 의미와 뉘앙스를 살리는 우리말 표현을 찾는 일이 해결책이 될 수도 있습니다. 《섬 하나가 쑤욱》이 그런 경우입니다.

바다 밑에서 화산이 폭발해서 화산섬이 생기고, 거기에 생명이 깃들고 인간이 이주하기까지의 과정을 그린 이 그림책은 거의 모든 페이지의 텍스트가 단 두 단어로 된 짧은 문장입니다. 단순하고 쉬운 주어와 동사로 이루어진 이 문장들은 역시 단순한 색채와 선으로 이루어진 평면적인 일러스트와 함께, 아무것도 없던 바다에 황량한 화산섬이 솟아나 사람들이 북적거리는 풍요로운 섬으로 변하기까지의 기나긴 과정을 흥겨운 속도감으로 그려 나갑니다. 짧고, 경쾌하고, 명백하고, 리드미컬하고, 힘 있는 텍스트의 특성을 살리면서 과학적 사실을 담고 있는 내용의 정확성도 보존하는 방법을 찾는 것이 관건이었습니다. 이 텍스트를 원문에 충실하게, 짧고 강력한 리듬에 맞춰 반말체로 옮기면 이렇게 될 것 같습니다.

롤라 M. 세이퍼 글,
캐시 펠스테드 그림,
김서정 옮김, 《섬 하나가 쑤욱》,
아이즐, 2007

An Island Grows   섬 하나가 자란다

Deep, deep beneath the sea . . .
         깊고 깊은 바다 속…

Stone breaks. Water quakes.   바위가 부서진다. 물이 흔들린다.

Magma glows. Volcano blows.

마그마가 이글댄다. 화산이 터진다.

Lava flows and flows and flows.

용암이 <u>흐르고</u>, <u>흐르고</u>, 흐른다.

An island grows.　　　섬 하나가 자란다.

Rocks appear, black and sheer.

새까맣고 가파른 바위가 나타난다.

Weather batters. Rock shatters.

비바람이 몰아친다. 바위가 부서진다.

Waves pound. Sands mound.

파도가 철썩인다. 모래가 쌓인다.

(......)

Markets sell. Merchants yell. 시장이 열린다. 장사꾼이 외친다.

"Fresh fish!" "Pepper dish!" "싱싱한 생선!" "후추 양념 요리!"

"Ripe fruit!" "Spicy root!"　　"잘 익은 과일!" "맛 좋은 뿌리채소!"

Bells ring. Voices sing.   종소리가 울린다. 목소리가 노래한다.

Drums play. Dancers sway. 북이 연주된다. 춤꾼들이 흔든다.

Busy island in the sea, where only water used to be.

Then, one day, not far away,

물밖에 없던 바다에 북적이는 섬.

그러던 어느 날 멀지 않은 곳에서,

deep beneath the sea,   깊고 깊은 바닷속.

a volcano blows,   화산이 터진다.

and lava flows.   용암이 흐른다.

Another island grows.   또 다른 섬이 자란다.

  산뜻하고 경쾌한 각운의 라임이 페이지마다 형형색색으로 펼쳐
지는 원문에 비해 번역문은 모두 '~다'로 끝나 지루한 무채색 분
위기를 띕니다. 원문에 충실하기는 하나 좋은 번역이라고 할 수
는 없지요. 뜻은 그대로 전달하면서도 원문이 가지고 있는 활기
와 리듬감과 색채감을 살리는 방법을 찾아야 했습니다.
  그 방법은 의성어와 의태어의 사용이었습니다. 개념어가 발달
한 영어에서는, 예를 들면 걷는 행위를 나타내는 동사들이 각각

독립적으로 만들어져 있습니다. cat-foot, slink, stride, swagger, strut, stagger, totter, skulk, sneak, slip, creep, clump, stomp, tramp 등등. 이 동사를 그대로 대응할 수 있는 한 단어의 동사를 우리말에서 찾기는 힘듭니다. 거의 대부분 '어떻게 걷는다' 는 식으로 형용이 붙어야 하지요. 그때 요긴하게 사용할 수 있는 성분이 의성어, 의태어들입니다. '살금살금 걷다, 조심조심 걷다, 쿵쾅쿵쾅 걷다, 비틀비틀 걷다, 비척비척 걷다, 으쓱대며 걷다, 터벅터벅 걷다, 터덜터덜 걷다' 등이 그 예입니다.

의성어와 의태어를 사용하면 한 단어짜리 단정적 표현보다 더 감각적으로 동작이나 상황을 그리는 효과를 거둘 수 있습니다. 이때 개념적이고 논리적인 문장의 분위기가 설명적이고 묘사적 혹은 감성적으로 변할 수도 있다는 점에는 주의를 기울여야 합니다. 원문의 뉘앙스가 건조하고 단정적이라면 번역문에서도 최대한 그 뉘앙스를 살리도록 노력해야 한다는 것입니다. 번역자는 묘사적으로 옮길 수밖에 없으면서 개념적으로 만들어야 한다는 식의 자가당착에 빠지게 됩니다. 이 자가당착을 최소한으로 줄이는 것이 번역자의 역할이라고 할 수 있을 것입니다.

의성어와 의태어를 활용한 번역으로, 'An Island Grows' 는 '섬 하나가 쑤욱' 이 되었습니다. 이후 본문 텍스트의 번역은 이렇습니다.

Deep, deep beneath the sea... 깊고 깊은 바다 속 저 아래에서…

Stone breaks. Water quakes.　바윗돌이 우르르 바닷물이 추울렁

Magma glows. Volcano blows.　마그마가 이글이글 화산이 쾅, 콰쾅!

Lava flows and flows and flows.

용암이 부글부글 부글부글부글

부글부글부글부글 끓어 넘쳐서

An island grows.　섬 하나가 쑤욱

Rocks appear, black and sheer.

새까맣고 날카로운 바위들이 뾰족뾰족

Weather batters. Rock shatters.

비바람이 몰아치면 바위 조각 부서지고,

Waves pound. Sands mound.

파도가 밀려오면 모래가 쌓여 가요.

(......)

Markets sell. Merchants yell.　시장이 와글와글 상인들이 시끌벅적

"Fresh fish!" "Pepper dish!"　"싱싱한 생선이요!" **"화끈한 후추요!"**

"Ripe fruit!" "Spicy root!"　　"단물 뚝뚝 과일이요!"

　　　　　　　　　　　　　　"입맛 쑥쑥 양념이요!"

Bells ring. Voices sing.　　　종소리 딸랑딸랑 노랫소리 랄랄라

Drums play. **Dancers sway.**　북 소리가 투둥타당 **어깨들이 들썩들썩**

Busy island in the sea, where only water used to be.

Then, one day, not far away,

　　　　　　　　　　　물만 있던 바다에 북적북적 섬 하나

　　　　　　　　　　　그리고 어느 날 멀지 않은 곳에

deep beneath the sea,　　깊은 바다 저 밑에서

a volcano blows,　　　　화산이 쾅, 콰쾅!

and lava flows.　　　　　용암이 부글부글!

Another island grows.　　섬 하나가 또 쑤욱!

　이렇게 옮기는 과정에서 원문의 단어와 지시 대상을 그대로 가
져오지 못하고 교체해야 하는 상황이 발생합니다. 일종의 오역이

되는 셈이지요. 'Vines flower.'는 '꽃들이 활짝활짝'으로 옮겨졌습니다. vine의 주요 의미가 포도나무 혹은 덩굴식물이라는 사전의 뜻풀이에 맞추어 보자면 난감한 번역입니다. 하지만 '포도나무가 피어난다.', '덩굴 식물이 무성해진다.' 라고 하자니 너무 어색합니다. 게다가 일러스트에는 포도도 없고 덩굴도 없습니다.

이런 때에는 상황과 일러스트에 맞춰 적당하다 싶은 표현을 궁리합니다. 꽃들이 활짝 피었다는 상황으로 설정하고 앞의 절과 운을 맞춰 '꽃들이 활짝활짝'으로 정합니다. 그러나 번역자는 여기에 만족하지 않고 vine을 꽃으로 바꿔 옮기는 의도된 오역에 대한 근거를 최대한 찾아야 합니다. 영영사전에서는 vine을 'in the broad sense refers to any climbing or trailing plant' 로 풀이합니다. 기어오르고 돌아다니는 식물이 한껏 무성해지고 만개해진 상태이니 꽃이 활짝 피었다는 표현이 아주 어긋난 번역은 아니겠지요? 이런 식의 근거 마련으로 traders flock은 '짐들이 내려지고'로, settlers stay는 사람들이 '모여 살고'로, workers build/soil is tilled는 '집들이 뚝딱뚝딱/채소가 파릇파릇'으로 번역됩니다.

원서의 문장들은 거의 전부 동사로 끝납니다. 하지만 번역본에서는 대부분 동사가 부사로 대체되어 끝을 맺지 않는 문장으로 바뀝니다. 이 번역은 한국말의 리듬을 살리고 의성어 의태어가 갖는 풍부하고 미묘한 감각을 제공하는 효과는 있지만, 원문의 홍

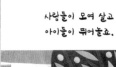

사람들이 모여 살고
아이들이 뛰어놀죠.

집들이 뚝딱뚝딱
채소가 파릇파릇

깊고 깊은 바다 속
저 아래에서……

롤라 M. 셰이퍼 글, 캐시 펠스테드 그림, 김서정 옮김, 《섬 하나가 쑤욱》, 아이즐, 2007

겹고 강력한 속도감을 전달하지는 못합니다. 과감하게 변형할 필요가 있는 번역에서는 무엇을 얻고 무엇을 잃는지를 숙고하고 선택해야 할 일입니다.

3) 어미 변화를 활용한다

유머와 풍자가 넘치는 작품으로 유명한 레인 스미스의 신작《그래, 책이야!》는 우리말 번역에서 어미 변화가 어떤 역할을 할 수 있는지를 잘 보여주는 예입니다. 원 텍스트와 번역 텍스트를 비교해 보면 이렇습니다.

레인 스미스 글 · 그림, 김경연 옮김, 《그래, 책이야!》, 문학동네, 2011

It's a Book.	그래, 책이야! (이건 책이야.)
It's a mouse.	얘는 마우스
It's a jackass.	얘는 동키
It's a monkey.	얘는 몽키
What do you have there?	그건 뭐야?
It's a book.	책이야. (이건 책이야.)

How do you scroll down?	스크롤은 어떻게 해?
I don't.	스크롤 안 해.
I turn the page.	한 장 한 장 넘기면 돼.
It's a book.	이건 책이거든.
Do you blog with it?	그걸로 블로그 해?
No, it's a book.	아니, 책이잖아. (이건 책이야.)

(......)

"Arrrrrrr," nodded Long John Silver, "we're in agreement then?" He unsheathed his broad cutlass laughing a maniacal laugh, "Ha! Ha! Ha!" Jim was petrified. The end was upon him. Then in the distance, a ship! A wide smile played across the lad's face.

"조오오아!" 존 실버가 고개를 끄덕였습니다. "그럼 앞으로 우리 잘 해 보는 거다?" 존 실버는 단검을 빼어 들며 미친 듯이 웃었습니다. "하! 하! 하!" 짐은 겁에 질렸습니다. 이제 끝장이었습니다. 그때입니다. 멀리서 배 가 나타났습니다! 짐의 얼굴에 미소가 넓게 번졌습니다.

Too many letters.	글자가 왜 이렇게 많아?
I'll fix it.	정리해 볼게.

LJS: rrr! K? lol!   존 실버 : ^ㅇ^! ㅇㅋ? ㅋㅋ

JIM: :(! :)   짐 : :(! :)

(......)

Are you going to give my book back?

                                      이제 내 책 돌려줄래?

No.   아니.

Fine ...   뭐야…

I'm going to the library.   난 도서관에 갈래.

Don't worry, I'll charge it up   걱정 마. 다 보면

when I'm done!   충전해 놓을게.

YOU DON'T HAVE TO ...   충전할 필요 없어…

IT'S A BOOK, JACKASS.   책이니까. (이건 책이야.)

　이 텍스트에서 'It's a book.'이라는 문장은 제목까지 합해 모두 일곱 번 나옵니다. 원문에서는 한결같이 'It's a book.'이지만 번역 텍스트에서는 일곱 번 모두 다른 방식으로 다양하게 진술됩

니다. '그래, 책이야, 책이야, 책이잖아, 책인걸, 이건 책이야, 책이라니까, 책이니까' 이런 식이지요.

이런 서술의 다양성은 대부분 어미 변화에 의해서 야기됩니다. 이 외에도 얼마나 많은 방식으로 어미가 변화될 수 있을까요. '책이다, 책이지, 책이거든, 책이라서, 책이구나, 책이어서, 책이고, 책이라고, 책이라잖아, 책이란다, 책이라니까…' 여기에 존칭 어미까지 가세하면 목록은 더욱 늘어납니다. '책요, 책이오, 책이에요, 책이지요, 책이랍니다, 책이어서요, 책이라고요, 책이고요, 책입니다, 책이니까요, 책이잖아요, 책이잖습니까, 책이옵니다…' 거의 무한대에 가까운 조합이 나올 수 있는 어미 변화는, 외국인에게는 한국어를 악마의 언어로 여기게 만드는 요인이 되기도 합니다. 그러나 다른 언어에서는 도저히 나올 수 없는 한국어만의 미묘하고 풍부한 뉘앙스를 만들어 내는 요인이 어미 변화이기도 합니다.

이 글의 번역에서 'It's a book.'을 옮기는 방식은 두 가지로 모색할 수 있을 것입니다. 하나는 김경연의 번역처럼 다양한 어미 변화를 구사하는 것, 다른 하나는 한 가지 서술 방식으로 굳히는 것입니다. 한 가지 문장, '이건 책이야.'로 굳히기로 하고 번역문을 만들어 보면 어떨까요. 본문에 (이건 책이야.)를 덧붙여서 비교해 보았습니다. 번역본대로 어미 변화를 따라 읽어 보고, 다시

'이건 책이야.'로 통일해서 읽어 보면 그 차이를 확연히 알 수 있을 것입니다.

'It's a book(이건 책이야).'가 일곱 번 되풀이되는 텍스트는 단정적이고 선언적인 뉘앙스를 풍깁니다. 몽키는 단어 하나 더하고 빼고 바꾸는 일 없이 똑같은 문장을 내놓습니다. 어떤 굳은 신념을 포기하지 않겠다는 듯 선언하는 뉘앙스입니다. 그래서 이 텍스트에서는 책이 지고의 가치를 구현하는 선하고 절대적인 대상으로 부각됩니다. 게임, 메일, 트위터, 와이파이, 충전 같은 것들은 코웃음거리입니다. 컴퓨터나 아이패드, 아이폰 등의 초현대적 전자매체에 비해 고전적인 활자매체인 책은 훨씬 인간적이고, 굳건하고, 신사적이고, 품위 있고, 가치 있고, 거대하다는 메시지가 들어 있는 듯합니다. 그 메시지는 그림에서도 구현됩니다. 세 동물 중에서 가장 인간에 가까운 원숭이인 몽키는, 자연 세계에서는 당나귀 동키보다 몸집이 작은 편이지만 이 그림에서는 동키의 거의 네 배에 가까운 압도적인 크기로 그려져 있는 것입니다. 게다가 몽키의 머리 위에는 모자, 그것도 남성적인 권위와 품위의 상징인 중절모가 올라가 있습니다. 동키는 촐싹거리며 왔다 갔다 하지만 몽키는 내내 점잖게 앉아 있다가 마지막 장면에서 멋지게 모자를 들어 올려 인사를 해 보이며 퇴장합니다. 새로운 매체의 상징인 동키와 고전적인 책의 상징인 몽키. 누가 더 지적 우위에 있는지 명백합니다.

　책과 전자매체의 대비를 극명하게 펼쳐 보이면서 전자매체에 코웃음을 치는 작가의 시각은 동키의 이름에서 부인할 수 없이 각인됩니다. 번역 텍스트에는 동키로 되어 있지만 원서에서 이 당나귀는 jackass로 소개됩니다. jack ass는 수컷 당나귀이지만 jackass는 '멍청이' 입니다. 다른 인물에게는 쥐, 원숭이처럼 가치 중립적인 이름을 붙여 주면서 이 인물은 '멍청이' 라는 조롱 섞인 이름으로 부르는 이유는, 그가 책을 모르기 때문입니다. 책도 모르는 멍청이라니! 그걸로 무엇을 할 수 있는지도 모르고, 어떻게 넘기는지도 모르고, 충전을 해야 하는 줄 알다니! 스티븐슨의 걸작 보물섬의 주옥 같은 문장들을 우스꽝스러운 이모티콘으로 바꿔 놓다니! 마지막 문장 'It's a book, jackass(이건 책이야, 멍청아).' 에서 작가는 당나귀에게 일격을 날립니다. 책이 얼마나 멋진 것인지 알아야 한다는 것이지요. 이 일격이 상당한 효과가 있었는지, 표4에서 당나귀는 'It's a book.' 을 소리 높이 외칩니다. 메일도, 블로그도, 스크롤도, 와이파이도, 트위터도 못하지만, 그보다 훨씬 중요하고 가치 있는 것을 해 내는 책이라는 느낌이 배어 있습니다. 동키는 책에 대해서 제대로 배운 듯합니다.

　이런 원문에 비해 번역문에서는 단정과 선언의 목소리 대신 부드러운 설명과 설득의 목소리가 울려 나옵니다. 앞뒤 표지나 본문에서 원문에 비해 더 작아 보이는 번역문의 크기도 이 목소리 낮춤에 한 몫을 합니다(book의 두 번째 o 자리에 몽키의 머리가 들어와 있는 원본의 디자인을 보면 이 작가는 몽키를 책의 일부로 간주하는 듯합니다. 그가 It's a book.을 외치는 것은 자기 정체성 확인이자 자기 선언인 셈입니다). 몽키는 동키의 터무니없는 질문을 받고 상황에 따라 책이거든, 책이잖아, 책이니까, 책인걸 하는 대답을 들려줍니다. 이 대답에서는 부드럽게 설명하고, 어르고, 설득하는 뉘앙스가 풍깁니다. 원문이 어이없어 하면서 딱 잘라 말하는 느낌이라면 번역문은 참을성 있게 가르치고 타이르는 느낌이지요. 원문의 jackass가 한 대 얻어맞고 깨우쳤다면 번역문의 동키는 배워서 깨달았다고 할 수 있을까요.

　그러나 어쩌면 원문에 대한 나의 이런 느낌은 작가의 의도와는 거리가 있는 나만의 선입견인지도 모릅니다. 다시 일러스트를 꼼꼼하게 들여다보면 번역문이 풍기는 뉘앙스를 그림이 풍기고 있기 때문입니다. 첫 질문을 받은 몽키는 심상한 얼굴로 고개도 들지 않고 'It's a book.' 이라고 대답합니다. 그 뒤부터는 몽키의 표정 변화에 주목해야 합니다. 두 번째 질문에서는 고개를 들고 동키에게 시선을 주는데 약간의 열의가 담긴 표정입니다. 그러면서 그는 책을 넘기는 방법에 대해 설명합니다. 세 번째 질문으로 오면 몽키는 약간 한심해하는 얼굴입니다. 얘가 정말 뭘 모르네, 하

레인 스미스 글 · 그림, 김경연 옮김, 《그래, 책이야!》, 문학동네, 2011

는 것 같습니다. 그러나 여전히 차분하게 설명해 줍니다. 책이거든, 책이잖아. 그리고 다음 장면, 동키가 게임, 메일, 트위터, 와이파이에 대해서 의기양양해 하며 질문을 퍼붓는 데에는 별로 대답하고 싶지 않아 합니다. 몽키의 얼굴도 보이지 않고 Nope. Book. 이라는 간단한 내뱉음만 나오는 것입니다. 그러나 다음 페이지에서 하늘을 향해 한숨을 한 번 내쉰 몽키는 마음을 가다듬고 초심으로 돌아옵니다. 이건 책이야. 그러면서 그는 동키에게 책을 내밉니다. 그러나 동키는 점입가경이고, 몽키는 짜증이 치미는 얼굴입니다. 책이라니까. 번역본에서는 이 어미가 그 짜증에 못을 박는 역할을 하지요.

마지막 장면, 드디어 동키에게 책의 진가를 알게 해 준 몽키는, 읽던 책을 뺏기고 도서관으로 가야 하지만, 기쁘고 자랑스러운 얼굴입니다. 책이니까. 그러나 원서의 문장은 '이건 책이야, 멍청아.' 입니다. 이때 멍청이는 애정을 담은 애칭으로 읽을 수도 있겠지만, 일러스트를 보면 애칭으로만 볼 수도 없는 일입니다. 놀란 듯 하늘로 뾰족하게 치켜 올라간 동키의 귀, 득의만면한 마우스의 자세, 다른 문장들과 달리 유일하게 대문자로 처리된 문장은 이 말에 동키를 향한 놀림이 들어 있다는 표현으로 읽히기도 하기 때문입니다. 번역문에서는 jackass를 동키로 옮기고 이 문장에서는 아예 누락시킴으로써 몽키의 표정과 글의 뉘앙스를 일치시킵니다.

　원문에서 굳건하게 되풀이되는 'It's a book.'은 어떤 측면으로는 전래동화적인 요소라고 할 수 있습니다. 똑같이 되풀이되는 표현이나 양식들처럼 그 안에 순수하게 정제된 기본 요소만을 남겨 두고 더 큰 맥락에서 얼마든지 수많은 해석과 적용을 가능하게 해 주는 것입니다. 그 해석과 적용을 도와주는 것이 일러스트의 역할입니다. 이에 비해 우리말 번역문은 다양한 어미 변화를 통해 그 해석을 독자에 앞서 어느 정도 선취한 판본이라고 할 수 있습니다. 'It's a book.'은 전래동화, '그래, 책이야!'는 그 모티프를 가져온 창작동화라고나 할까요. 엄격하게 고정된 짧은 문장에서 이런 유연하고 다양한 해석을 가능하게 하는 우리말 어미 변화의 쓰임새가 재미있으면서도 조심스럽습니다. 여기에서도 다시 한 번, 작가의 의도는 무엇인지 원 텍스트와 더불어 일러스트까지 세밀하게 검토하면서 번역자의 방향과 자세를 세우는 일의 중요성이 강조됩니다.

III. 도전,
번역 불가능성

도전, 번역 불가능성[1]

《이상한 나라의 앨리스》는 나를 아동문학의 길로 들어서게 만든 가장 중요한 길잡이가 된 책입니다. 대학교 1학년 때 영어 공부 삼아 원서로 이 책을 읽은 후 나는 '문학이란 무엇인가' 라는 대전제에 답을 얻었다고 생각했습니다. '문학은, 말을 가지고 노는 놀이다!' 라는 것이었습니다. 문학은 말을 비틀고, 더하고, 빼고, 바꾸고 하면서 인간과 사회와 인생의 정수를 보여 주거나, 신선하고 싱싱한 이미지를 입혀 살려 내는 일이다. 그리하여 언어에 의한 창작이란 작가에 의해 애벌레 한 마리에서부터 한 왕국에 이르기까지 세상이 새롭게 창조되는 일이다. 이런 명제가 그때 나에게 심어진 듯합니다.

이 책은 아마도 어렸을 때 번역본으로 읽었을 터이고, 그래서 이야기에 이미 익숙한 상태였을 텐데, 원서로 읽을 생각을 한 게 정말이지 신의 한 수였던 것 같습니다. 내가 일부러 찾아서 읽은 것은 아니었습니다. 친척 집에 갔다가 책장에 꽂힌 것을 무심코 빼든 것이 내 아동문학 경력의 도화선이 될 줄 알았을까요.

---

[1] 2014년 한국방송통신대학교 통합인문학연구소에서 주최한 학술대회 '번역을 묻고 말하다'에서 발표한 글입니다.

당시 나를 가장 매혹시켰던 부분은 가짜 거북이 들려주는 학교 이야기였습니다. 학교에서 배우는 과목이 'Reeling, Writhing, Ambition, Distraction, Uglification, Derision' 이라나요. 나는 부지런히 사전을 뒤졌습니다. 비틀거리기, 몸부림치기, 야심, 산만하기, 미워지기, 조롱하기. 이것들은 읽기(reading), 쓰기(writing), 더하기(addition), 빼기(subtraction), 곱하기(multiplication), 나누기(division)를 비튼 말일 것입니다. 학교의 부작용을 이렇게 간단하고 명쾌하게 정곡을 찌르는 말로 표현하다니요! 이 구절은 내 뇌리에 깊이 박혔고, 나의 첫 장편 동화 《유령들의 회의》 가운데 〈새들의 학교〉 장에서 활용되었습니다. 물총새가 퍼덕거리는 물고기를 부리에 물고 물에서 나와 바위에 대고 때리는 장면, 부엉이가 통째로 먹은 들쥐를 소화시키고 남은 부분을 토하는 장면, 배고픈 새들이 먹이를 둘러싸고 다투는 장면들을 학교에서 토하기, 패기, 고프기, 다투기를 배우는 것으로 표현한 것입니다.

앨리스가 토끼 구멍으로 떨어지다가 꾸벅꾸벅 졸면서 하는 말 "Does cat eat bat? Does bat eat cat?" 이나 씨익 웃는 입만 남기고 몸이 서서히 사라지는 첼셔 고양이를 보면서 하는 말 "Well, I've often seen a cat without a grin, but a grin without a cat!" 도 내게는 각별한 구절이었습니다. 위의 학교 사례가 단어를 살짝 뒤틀어 만든 새로운 단어로 기발한 풍자를 보여 줬다면, 이 문장들은 단어의 단순한 위치 바꿈을 통해서 통념을 뒤집는 새로운 이미지를 주었습니다. 의미와 재미를 함께 담고 있는 이런 풍자와 새로움은 활기 넘치는 이야기, 매력적인 캐릭터들과 함께 이 책의 문학적 정수로 꼽을 만한 것들이었지요.《이상한 나라의 앨리스》는 내게 가장 확고한 문학의 전범(典範)이었습니다.

번역가로 일하면서 나는 세 가지 목표를 가지고 있었습니다. 그림 메르헨, 안데르센의 동화, 이상한 나라의 앨리스를 번역하는 것이었습니다. 이 중 그림 메르헨과 안데르센 동화는, 완역은 아니었지만 니콜라우스 하이델바흐라는 걸출한 일러스트레이터가 그림을 그린 선집들을 텍스트로 해서 번역할 수 있었습니다. 동화의 가장 기본적인 레퍼토리로 여겨지는 '전래동화' 그림 메르헨과 동화의 아버지로 불리는 안데르센의 작품은, 사실은 상투적인 '동화'의 개념, 그러니까 어린아이들에게 꿈과 희망을 준다는 통념에서 아마도 가장 크게 벗어나는 이야기들일 것입니다.

나는 메르헨이 폭력과 섹스, 부조리와 비의가 난무하는 이야기라는 단언을 곧잘 하는데, 물론 과장이 섞인 표현이기는 합니다. 그러나 한 사람이 어떤 인간이 되어 어떻게 살아가는지가 결정되는 데 가장 치명적인 영향을 주는 요소란 바로 그런 것들이 아닐까요. 반듯한 이성과 논리와 경험으로는 설명할 수 없는 인생의 기막힌 여정을 기묘한 방식으로 이야기하는 것이 메르헨입니다.

니콜라우스 하이델바흐 글 · 그림,
김서정 옮김, 《그림 메르헨》,
문학과지성사, 2007

한스 크리스티안 안데르센 글,
니콜라우스 하이델바흐 그림,
김서정 옮김, 《안데르센 메르헨》,
문학과지성사, 2012

이런 이야기들이 어린아이들도 재미있게 읽을 수 있고 유용한 교
훈을 얻을 수 있는 장르로 발전해 왔다는 것만으로도 메르헨은
특별한 조명을 받아야 할 것입니다. 어린이용으로 개작되거나 순
화된 판본이 아닌, 내가 생각하는 메르헨의 특성이 드러날 수 있
는 판본의 번역을 하고 싶다는 바람은 문학과지성사의 《그림 메
르헨》으로 이루어졌습니다.

안데르센은 메르헨을 기반으로 한 어린이용 이야기를 문학의
자리로 올려놓은 최초의 작가입니다. 물론 그 이전에도 어린이용
이야기가 없지는 않았지만, 대부분은 옛날이야기 개작이거나 교
육용 읽을거리 정도였을 뿐, 작가의 자기표현의 장이라는 위치에

있지는 않았던 것입니다. 안데르센 이야기의 상당 부분은 자신의 못생긴 외모와 낮은 신분에 대한 콤플렉스, 상류사회 진입에 대한 야망, 그 상류사회 사람들에 대한 조롱, 이루어지지 않은 사랑에 대한 좌절 등을 토로하는 글이었습니다. 그러나 그런 소재는 시궁창의 물 한 방울까지도 생생한 캐릭터로 살려 내는 놀라운 의인화 솜씨와 경쾌한 사건, 당시로서는 획기적이었던 구어체 문장에 실려 아이들도 재미있게 읽을 수 있는 동화 속에 녹아들었습니다. 톡톡 튀는 대화와 색채 감각이 선명한 묘사도 안데르센의 동화적 강점이었습니다. 거의 이백 년 전 먼 유럽 국가 작가의 문장이라 번역하기가 만만치 않았지만, 이 번역은 내게 안데르센과 아주 가까워졌다는 묘한 자부심과 친근감을 안겨 주었습니다.

다시 앨리스로 돌아가 보겠습니다. 내가 번역했던 마리아 니콜라예바의 책《용의 아이들》에는 이런 일화가 나옵니다. 누군가가 러시아의 번역가에게 앨리스를 옮겨 보지 그러느냐고 제안하자 그가 "앨리스를 옮기느니 차라리 영국을 옮기는 것이 쉽겠다."고 대꾸했다는 것입니다. 번역의 어려움 혹은 불가능성을 가장 단적으로 드러내 주는 말인 듯합니다. 그러니 내가 셋 중 가장 먼저 목표로 삼았던 앨리스 번역을 가장 나중에 달성할 수 있었던 것도 놀라울 것이 없겠다는 생각입니다. 아니, 이 책을 번역하게 된 것 자체가 놀라운 일이 아닐 수 없습니다.

앤서니 브라운이 그림을 그린 판본의 번역 의뢰가 왔습니다. 수많은 일러스트레이터, 특히 영국의 일러스트레이터들은 통과의례처럼 앨리스를 그립니다. 워낙 초판본에 존 테니얼이 그린 일러스트의 이미지가 강력하기 때문에 그 다양한 시도들은 회전목마처럼 알록달록하게 테니

루이스 캐럴 글,
앤서니 브라운 그림, 김서정 옮김,
《이상한 나라의 앨리스》,
살림어린이, 2009

얼을 축으로 해서 앨리스 주위를 맴도는 것 같은 인상입니다. 사실적인 세밀화로 초현실적 분위기를 만들어 내는 앤서니 브라운의 그림은 아마 그중 가장 현란한 목마 중 하나일 듯합니다.

국내에 이미 수많은 앨리스 번역본이 나와 있는데 대부분의 완역본에는 주석이 붙어 있었습니다. 그 말장난들이 원래 영어로는 이런 말이라서 이렇게 구사가 됐다는 설명들입니다. 심지어 마틴 가드너가 무슨 논문처럼 본문의 양을 능가하는 주석을 달아 놓은 판본도 있었습니다.

나는 좀 다르게 하고 싶었습니다. 주석 달리지 않은 판본이 하나쯤 있어도 괜찮지 않을까? 이 영어 말장난을, 그다지 동떨어지

지 않은 맥락 안에서 우리말 말장난으로 바꿀 수도 있지 않을까? 앨리스는 워낙 샅샅이 번역된 책이니 좀 엉뚱한 번역본이 나와도 원본의 왜곡이 아니라 외연의 확장으로 용인될 수도 있을 것이라는 희망이었습니다. 그래서 나는 이 지난한, 거의 불가능해 보이는 번역에 도전했습니다. 다른 번역본을 꼼꼼히 참고할까 하다가 그 생각은 곧 접었지요.

번역을 시작한 나는 겨우 두 페이지도 지나지 않아 곤경에 부닥쳤습니다. 앨리스가 토끼 구멍으로 떨어지는 대목에서 되풀이 구사되는 Down, down, down에서였습니다. 각오야 했지만 막상 번역에 들어가니 미처 생각지 못했던 부분도 강력 본드처럼 발걸음을 붙잡아 떼지 못하게 합니다. 이 쉽고도 짧은 단어도 문제였습니다.

단어가 세 번 되풀이되면서 만들어 내는 뉘앙스는 한없는 하강의 속도감과 리듬감입니다. 다운에서 '다'의 단호한 ㄷ과 양성모음인 ㅏ가 주는 밝고도 씩씩한 느낌, '운'에서 음성모음 ㅜ의 어둡고 깊은 여운과 ㄴ의 음가가 만들어 내는 메아리, 이 두 상반되는 느낌이 어울려 땅속이라는 공간 배경으로 독자들을 곧장 끌어들이는 마력이 있다는 것이 내 생각이었습니다. 하지만 그와 같은 뜻에 비슷한 울림을 주는 우리말 단어를 찾을 수가 없었습니다. 다른 판본에서는 '아래로, 아래로, 아래로.'로 되어 있던 것으로 기억하는데, 그 말에서는 속도를 느낄 수 없었습니다. '밑으로, 밑으로, 밑으로.'로 해 보면 어떨까? 거기에는 깊이감이 없었습니다. '밑'은, 너무 얕았습니다. '떨어진다, 떨어진다, 떨어진다?' 이건 떨어지기 직전의 아슬아슬한 상황 같았습니다. 절벽 꼭대기에서 몸이 120도쯤 기울어진 상태로 서서 팔을 풍차처럼 휘두르고 있는 만화 속 인물이 연상되었지요. 그럼, 추락, 추락, 추락? 추락한다, 추락한다, 추락한다? 내려간다, 내려간다, 내려간다? 땅속으로, 땅속으로, 땅속으로?

　나는 별 소리를 다 꺼내 보았습니다. 영어사전에서 down을 찾아봐도 아무 도움이 되지 않았습니다. 이럴 때는 의미어(이런 단어는 국어사전에 없지만 의성어, 의태어에 대응하는 말로 내가 만들어 낸 것입니다)만 찾을 게 아니라 의성어나 의태어를 활용하는 것이 방법입니다. '뚝, 뚝, 뚝'으로 해 볼까? 하지만 만족스럽지 않습니다. Down, down, down은 떨어지는 동작의 연속성을 담고 있지만 이 의태어는 단절감이 심합니다. 받침 ㄱ의 음가도 부러지는 듯합니다. 형태적으로는 너무 짧으면서 단호하고요. 뚜욱 뚜욱 뚜욱은 어떨까? 아, 이건 더 이상합니다. 뚜욱은 뚝보다 더 강하고 단호하게 들립니다. 떨어지는 모양이 아니라 뭔가가 부러지는 소리로 읽힐 수도 있습니다. 결국 '아래로, 아래로, 아래로'로 되돌아갈 수밖에 없었습니다. 험한 길을 돌고 돌았는데 닿은 곳이 출발점일 때의 허탈감은, 안 겪어 본 사람은 모릅니다.

두 번째 페이지에서부터 부닥친 곤경은 책 전체에 부비 트랩처럼 널려 있었습니다. 곧이어 antipode/antipathy 트랩이 등장했습니다. 앨리스가 대척점(antipode)을 반감(antipathy)이라고 말한 것입니다. 대척점과 비슷하면서 반감의 뜻을 가진 단어는 없으니 새로 가져와야 합니다. 대척점이라는 단어를 얼핏 들은 여덟 살짜리 여자아이가 알 만한 어휘 안에서, 그것과 혼동될 만한 말을 찾아야 하겠지요. antipathy는 사전에 있는 말이지만, 사전에 없는 말도 만들어 쓰면 어떨까. 그런 식으로 영역을 더 넓혀 보는 것도 괜찮지 않을까. 하지만 아무도 못 알아듣는 얼토당토않은 말이 아니라 사전에 오를 수도 있는 그럴 듯한 말이어야겠지, 하는 것이 내 생각이었습니다.

대척점은 어른들에게도 낯선 단어라 그보다는 더 쉽고 친근한 단어가 나와야 할 것 같았습니다. 우선, 살릴 음절은? '점'은 몇 점, 몇 점으로 익숙한 소리니 오해하기가 쉽지 않을 것입니다. 살리고. '척'도 음가가 세고 '죽은 척', '척 보면' 등 여러 의미로 다양하게 쓰이니 귀에 쉬 들어옵니다. 살리고. 그러면 '대'를 변형시켜서 그럴듯한 말을 찾아보자. 얼른 머리에 떠오르지 않습니다.

이럴 때 내가 쓰는 방법은 A4용지에 ㄱ부터 ㅎ까지 14개의 자음을 모두 적어 놓고, ㅏ부터 ㅣ까지 10개의 모음을 모두 대입시켜 가면서 조합해 보는 것입니다. 가척, 갸척, 거척, 겨척, 고척, 교척, 구척, 규척, 그척, 기척. 이런 식입니다. 복모음도 있습니다. 개척, 게척, 계척, 과척, 괴척, 귀척, 긔척? 희척까지 가도 마음에 드는 게 나오지 않습니다. 무척점, 비척점 정도? 하지만 이 문맥에서 너무나 아무 의미가 없어 보입니다. 두 번째 방법은, 살리기로 한 음절을 약간 변형시키는 것입니다. '척'을 바꿔 봅니다. 착, 챡, 척, 쳑, 촉, 쵹, 축, 츅, 칙, 측 … '도착점'이 강력한 후보로 떠오르기는 했지만 이건 너무 정상적인 말로 보였습니다. 대척점을 가지고 말장난한 것처럼 보이지 않는 것이었습니다.

결국 결정된 것은 '재촉점'이었습니다. 학교 수업 시간에 뭔가를 배우고 시험을 보고 하는 상황에서 아이들이 많이 듣는 말이 '빨리빨리'가 아닐까 하는 생각이 이 말이 뭔지 의미 있게 비틀린 말처럼 느끼게 한 것입니다. 그러나 여기서 왜 재촉점이라는 말이 나왔는지가 일반 독자에게는 납득이 가지 않을 것 같았습니다. 주석을 달지 않기로 했지만, 뭔가 해명이 필요할 듯했지요. 그래서 내키지 않았지만 한 문장을 덧붙였습니다. 원서에는 작가가 나서서 설명하는 '앨리스는 옆에 듣는 사람이 없어서 오히려 기뻤어요. 아무래도 틀린 말 같았거든요'까지만 있었지만, 번역에서는 그 뒤에 '사실 지구 반대편에 위치한 곳은 대척점이라고

했어야 하는 거죠.'가 들어갔습니다. 이렇게 덧붙이고 해설하는 대목 없이 만들어 보자는 목표는 번역을 시작하자마자 스러지고 말았습니다.

그 유명한 "Curiouser and curiouser!"를 "점점 더 이상하고 있어!"로 옮기고 흡족해 한 것도 잠시, tale/tail, not/knot의 경우와 dry를 '무미건조한'과 '보송보송 마른'을 동시에 담아내는 말로 바꾸기는 그야말로 수렁이었습니다. 'I'll soon make you dry enough.'은 '내가 너희들을 보송보송 말려 줄게.'로, 'This is the driest thing I know.'는 할 수 없이 '내가 아는 것 중에서 가장 건조한 이야기야.'로 옮겨졌습니다. 복기하다 보니, '내가 너희들을 건조시켜 줄게.'를 밀고 나갔어야 했다는 후회가 밀려옵니다.

'Mine is a long and sad tail'. 'It is s long tail certainly, but why do you call it sad?'는 이렇게 옮겼습니다. '좀 길어. 게다가 슬픈 꼴이야.', '사실 좀 길기는 해. 하지만 뭐가 슬프다는 거야?' 그런데 편집자 손에서 마지막 교정을 거치면서 '꼴'이 '이야기'로 바로잡히는 바람에 도마뱀 꼬리 잘리듯 내가 의도했던 재미도 의미도 뚝 잘리고 말았습니다. '좀 긴 꼬리기는 해.'로 번역했어야 했다는 후회가 역시 밀려옵니다.

not/knot 말장난은 칼리그래프로 유명한 대목에서 나옵니다.

열심히 이야기를 하는 생쥐와 꼬리만 내려다보고 있던 앨리스 사이의 대화입니다. 'You had got to the fifth bend, I think?', 'I had not!', 'A knot! Oh, do let me help to undo it!' 이 대목은 이렇게 옮겼습니다. '지금까지 다섯 번 구부러졌어, 그렇지?', '안 구부러졌어!', '뭐가 부러졌다고? 내가 붙여줄까?' 이것도 억지스러운 듯해서 후회가 되는데, 이번에는 아무리 복기를 해도 대안도 없습니다! 생쥐 말마따나

영문판 《이상한 나라의 앨리스》의 한 대목

나는 독자들을 '말도 안 되는 소리로 놀리기나 하고(You insult me by talking such nonsense)' 있던 건 아니었을까요.

얼굴이 달아오르는 억지 번역이 한두 건이 아니지만, 그중 백미는 바닷가재 춤 장에 나오는 광어 부분입니다. 원래는 '보리멸'로도 불리는 작은 대구과 물고기(whiting)인데, 대구를 본 적이 있느냐는 거북의 질문에 앨리스는 dinn ⋯⋯(er)에서 봤다고 말하다가 소스라쳐서 입을 다뭅니다. 하지만 어떻게 생겼더냐는 질문에 또다시 식사 자리를 묘사합니다. 꼬리를 입에 문 채 빵부스러기

를 온통 뒤집어쓰고 있었다는 대답. 아마도 당시 영국에서는 대구를 이런 식으로 요리하는 게 보편적이었던 모양입니다.

대구로 하는 말장난은 계속됩니다. 그 물고기를 whiting이라고 하는 이유는 구두와 장화를 닦기 때문이랍니다. 땅 위에서는 구두 닦는 게 blacking(검은색 구두약)이지만 바다 속에서는 whiting(흰색 구두약)이라나요. 구두는 sole(서대기/밑창)과 eel(장어/뒷굽heel)로 만든다나요. 이 모든 경우에 쓸 만한 물고기를 찾기 위해 나는 요리 대상이 될 수 있는 온갖 생선의 이름을 떠올려야 했습니다. 나와 사무실을 나눠 썼던 그림책 작가 이상희는 두고두고 웃으며 이때 일을 회상하는데, 책상 위에 생선 이름이 빽빽이 적힌 종이가 널브러져 있더라는 것이었습니다.

구두도 닦고 식탁에도 오를 수 있는 생선으로 드디어 광어가 최종 선정되었습니다. 광을 내는 물고기라고 우기면 되니까요. 문제는 광어가 식탁에 오르는 경우가 거의 백 퍼센트, 횟감으로 나올 때라는 것이었습니다. 150년 전 영국에서 광어회? 그것도 로빈슨 크루소라면 몰라도 앨리스에게? 하지만 대안은 찾을 수 없었고, 나는 광어를 밀고 나갔습니다. 영국의 루이스 캐럴과 150년 뒤 한국의 한 번역가의 난센스적인 만남이 이런 괴상한 번역을 만들 수도 있다는 의의를 혼자서만 되새기면서요. 이 번역은 여기서 소개하기 낯 뜨거우니 생략하려고 합니다. 다만 다른 생략에 대해서는 언급해야겠습니다. 대구가 하얘진 이유를 설명하는 그리편의 말에 덧붙여진 일러스트입니다.

꼬리를 입에 문 대구가 회 접시에 오른 광어로 대체되었으니 이 그림이 설 자리가 없었습니다. 영국의 출판사 워커북스(Walker Books)에 연락해 그림을 빼겠노라 제안했고, 이 제안은 이의 없이 통과되었습니다. 이 대목을 읽을 때 일그러질 독자들의 얼굴을 상상하면 나는 아직도 쥐구멍을 찾고 싶습니다.

말머리에 언급한 고양이 먹는 박쥐, 웃음만 남긴 고양이 대목도 전혀 만족스럽지 못합니다. 처음 읽으면서 가장 감동받고 번역하면서 가장 공을 들인 학교 수업 대목도 마찬가지입니다. 고문 classic 선생이 가르친 게 laughing(latin)과 grief(greek)였다는 대목은 취조(시조)와 비명(悲鳴/碑銘)으로 바꿨는데, 몇 년 지나 이 대목을 읽던 나는 취조가 왜 나온 건지 잠시 머리를 짜내야 했습니다. 그 정도니 독자들에게 즉각적이고 감각적인 즐거움이 전달될 리가 없었을 것입니다. 결과적으로 주석 없는 앨리스를 향했던 나의 원대한 포부는 바람 빠진 풍선으로 끝나고 말았습니다.

대학 졸업 후 지리산 천왕봉을 목표로 등산을 했던 적이 있습니다. 숨이 턱에 닿은 채 헉헉거리며 몇 시간을 걸었는데, 천왕봉은 가까이도 못 가 본 채 엉뚱한 길로 내려오고 말았습니다. 중간에 길을 잘못 들었던 거죠. 앨리스라는 번역 불가능한 산에 도전했던 나의 분투는 딱 그 꼴이었던 것 같습니다. 산이야 혼자 헤매면 그만이지만 이 책은 독자들까지 함께 헤매게 만든 셈이니 민망할 따름입니다. 그저 번역도 문학일진대, 문학이 딱 부러지는 정답을 내놓거나 기를 쓰고 뭔가를 꼭 정복해야 하는 게 아니라 헤매는 과정이지 않은가, 하는 생각을 변명으로 내놓습니다. 변명은 짧을수록 좋을 테니 얼른 끝내겠습니다. 사족으로, 말장난이 그럴듯했는지가 아니라 정확한 번역인지 심히 자신이 없는 대목의 검토를 부탁드립니다.

Never imagine yourself not to be otherwise than what it might appear to others that what you were or might have been was not otherwise than what you had been would have appeared to them to be otherwise

다른 사람들이 네가 그게 아니고 다른 게 될 거라고는 전혀 생각하지 못했던 것이 되지 않고 다른 것이 될 수도 있을 거라고는 꿈도 꾸지 마라.

I

II

III

IV

Ⅳ. 한국에 온 외국 동화

이솝, 그림, 안데르센 그리고 최남선과 방정환
전집의 시대
단행본으로의 전환, 그리고 지금의 스테디셀러

1. 이솝, 그림, 안데르센 그리고 최남선과 방정환[1]

한국에 최초로 소개된 '동화'를 들자면 기록상으로는 천로역정과 아라비안나이트를 언급할 수 있을 것입니다.[2] 〈천로역정〉은 〈로빈슨 크루소〉, 〈걸리버 여행기〉와 함께 어린이문학의 발생기에 어른 문학이 어린이문학으로 전용된 대표적 사례로 거론됩니다.[3] 〈아라비안나이트〉도 원래는 어른 이야기지만, 몇몇 이야기들이 아이들용으로 다시 쓰인 뒤 아직도 어린이 책의 영역에 포함되지요.

김병철의 연구에 의하면, 걸리버 여행기는 1908년 〈거인국 표류기〉라는 제목으로, 로빈슨 크루소는 〈로빈손 무인절도표류기〉라는 제목으로 1909년, 최남선 번역으로 소개됩니다. 최남선은 1908년에서 1910년대 후반까지 왕성하게 번역 활동을 했습니다. 톨스토이, 크루일료프 등 러시아 우화와 동화, 바이런이나 테니슨의

---

1) 2014년 국립어린이청소년도서관 독서문화포럼에서 〈근현대 어린이 번역책의 태동과 흐름 : 한국에 온 외국동화〉라는 제목으로 발표한 글입니다.

2) 김병철의 《세계문학번역서지목록총람》에 의하면 1895년 〈텬로력뎡〉이 '긔일부처'의 번역으로, 출처도 확인할 수 없는 채 나온 것으로 기록되어 있고, 〈유옥역전(아라비안나이트)〉이 '이 동' 번역으로 '필사본'으로 나온 것으로 되어 있습니다. 김병철은 이 두 작품을 소설로 분류하였습니다. 《세계문학번역서지목록총람》은 한국 번역의 역사를 총망라한 거의 유일한 연구서입니다. 이후 번역서 상황은 모두 이 책에서 조사한 결과입니다.

3) 마리아 니콜라예바 글. 김서정 옮김. 《용의 아이들》, 문학과지성사, 1998

시, 빅토르 위고의 소설, 헬렌 켈러 전기, 실락원, 돈키호테, 허풍선이 백작의 모험 등 그가 번역한 작품은 장르의 경계가 없어 보입니다.

1896년에는 〈이솝이야기〉가 역자 미상인 채로 '학부편집국' 이라는 곳에서 출판되어 나옵니다. 김병철의 분류표에 최초로 '동화' 로 등재된 이솝 이야기는, 이후 수많은 단행본과 전집에서 빠지지 않는 단골 메뉴가 됩니다. 1900년대 초까지도 〈이솝시 우화 초역〉, 〈우슨 소리(이솝 이야기)〉, 〈이솝의 이약〉, 〈이솝 우언〉 등 지금으로서는 낯설고 재미있는 제목이 붙곤 했지요. 하지만 40년대 이후로는 드물게 눈에 띄는 〈이소프 이야기〉를 제외하면 대체로 〈이솝 이야기〉나 〈이솝 우화〉로 자리를 잡습니다.

이 외에 지금 우리에게 어린이용 이야기로 알려져 있는 작품 중에서 1910년대에 출간된 것으로는 〈15소년 표류기〉와 〈엉클 톰스 캐빈〉, 〈레 미제라블〉을 들 수 있습니다. 〈십오소호걸〉, 〈검둥의 설움〉, 〈너참불상타〉 같은 당시의 제목들이 재미있습니다.

안데르센의 작품은 1920년 학생계라는 잡지에 〈어린성냥파리처녀〉가 실린 것을 시작으로 빈번히 눈에 띕니다. 원작자 미상인 작품 중에도 안데르센의 이야기로 짐작되는 제목이 많고요. 아마도 안데르센은 우리 동화 번역사상 가장 많이 자주 번역된 작가로 간주해도 지나치지 않을 것입니다. 양적인 면뿐만 아니라 영향 면에서도 안데르센은 막강해서, 어린 시절 읽거나 다른 매체를 통해 접한 동화 중에서 가장 깊이 각인되는 이야기가 안데르센으로 조사됩니다. 아동문학 강의를 듣는 학생들에게 아는 동화 제목을 말하라고 하면 번번이 나오는 제목의 절반에서 삼분의 이가량이 안데르센의 것일 정도지요. 안데르센의 이야기는 지금까지도 전집, 선집, 그림책 등 다양한 형태로 끊임없이 재생산되는데, 모두 영어, 일어, 독일어 등에서 중역한 것입니다. 덴마크 어에서 직접 번역된 안데르센 판본을 갖는 것이 무엇보다 시급한 과제 아닐까요.

방정환이 1922년 발간한 〈사랑의 선물〉은 한국 최초의 동화집으로 여겨집니다. 창작이 아니라 외국 동화 번역서이지만, 번역이 아닌 번안에 우리말로 다듬어진 최초의 어린이 이야기 모음집이라는 점에서 중요하게 자리매김했습니다. 수록 동화는 모두 10편으로 난파선(이탈리아)/산드룡의 유리 구두(프랑스)/왕자와 제비(영국)/요술왕 아아(시리아)/한네레의 죽음(독일)/어린 음악가(프랑스)/잠자는 왕녀(독일)/천당 가는 길(독일)/마음의 꽃(중국)/꽃 속의 작은 이(덴마크), 옛이야기와 창작동화가 섞여 있고, 독일 이야기 4편을 비롯, 이탈리아 프랑스 영국, 덴마크 등 서유럽 이야기 위주로 구성되어 있습니다. 방정환은 그 외에도 아미치스의 〈사랑의 선물〉, 아나톨 프랑스의 〈호수의 여왕〉, 오스카 와일드의 〈털보

장사〉, 〈성냥팔이 소녀〉 등도 번역 소개합니다.

1925년에는 그림형제의 옛이야기가 〈끄림동화〉라는 제목 아래 오천석의 번역으로 한도라는 출판사에서 출간됩니다. 이후 세계명작동화, 세계일주동화, 세계걸작동화 같은 옛이야기 모음집의 출간이 활발해지는데 수록 이야기의 상당수가 백설공주, 헨젤과 그레텔, 설희와 장미 등 그림동화가 확실하거나 그림동화로 짐작되는 것들입니다. 그림동화 역시 이솝 우화와 안데르센 동화처럼 끊임없이 재출간되는 목록에 속하지요. 1940년대까지의 번역 동화들로는 위에 언급된 책들 외에 〈보물섬〉, 〈플란더스의 개〉, 〈왕자와 거지〉, 〈집 없는 아이〉, 〈피노키오〉 등 지금 우리에게도 익숙한 이야기들이 눈에 띕니다.

2. 전집의 시대

일제강점기 시작을 전후해 아동인권운동과 계몽운동이라는 국면과 혼합된 상태로 싹이 튼 어린이 책은 1950년대 중반을 기점으로 전집 출간이라는 전환기를 맞습니다. 1952년 교육법시행령이 제정되어 초등학교 무상 교육 실시 등으로 교육인구가 늘어나면서 어린이 도서가 발전하기 시작한 것입니다. [4] 확인 가능한 최초의 외국 동화 전집은 1952년 동국문화사에서 출간된《세계명작선집》으로 60년대 초기까지의 판본에 다음과 같은 작품들이 수록되어 있습니다(우리에게 익숙하지 않고 확인하기도 어려운 작품은 볼드체로 구별합니다).

짠발짠	철가면	로빈슨 표류기	앙클톰	집없는 천사
삼총사	거지왕자	톰소야의 모험	소공자	15소년 표류기
세익스피어 명작집	보물섬	가리바 여행기	암굴왕	소공녀
서유기	앨프스의 소녀	복면의 기사 (월터 스코트)	괴적 루팡	솔로몬의 동굴 (헨리 헤가아드)
그리시아 신화	**분홍꽃** **(E. 오르찌. 영국)**	**마경천리** **(파레트. 영국)**	해저여행	동끼호테

4) 강기준, 〈한국 아동전집 출판 현황과 활성화 방안 연구〉(중앙대학교 신문방송대학원 석사논문), 2011

목장의 소녀(누워리 와라. 핀란드)	로빙 훗드의 모험	삼국지	아더대왕	장 크리스토프 (로맹 롤랑)
아라비안 나이트	크리스마스 캐럴	노틀담의 꼽추	모히칸족의 최후	폭풍의 언덕
쿼 바디스	골목대장 (토마스 B. 올드리치. 미국)	타잔	호마 선집	두 서울 이야기 ('두 도시 이야기'로 추정됨)
푸른 화원 (올코트. 미국. '작은 아씨들'로 추정됨)				

이 목록은 60년대 들어서 학원장학회에서 출간된 60권짜리 《세계명작문고》에 거의 그대로 재수록됩니다. 제목과 저자 이름이 똑같은 작품이 대부분이고(〈분홍꽃〉이 〈장미 의적단〉으로, 〈폭풍의 언덕〉이 〈눈보라 고개〉로 바뀐 정도가 눈에 띕니다) 수록 순서도 비슷하고요.

동국문화사 전집에 덧붙여진 작품들은 다음과 같습니다.

대위의 딸 (푸우수킨)	후로스의 남매 (조오지 엘리오트)	써커스의 소녀 (E. N 아보트. 미국)	사랑의 일가	즉흥시인 (안데르센)
학클베리의 모험	사막의 여왕(A. 브노아. 프랑스)	전쟁과 평화 (톨스토이)	올리버 튜스트 (디킨스)	숲속의 형제 (A. 키뷔. 핀란드)
봄베이 최후의 날 (E. R 리튼)	비밀의 화원	양자강의 소년 (E. 루이스)	장글 북	

이 시기의 어린이 책 전집에 대해서는 식민지 시기부터 번역되었던 작품들이며 일본판 세계아동문학전집의 중역본이 많았다는

것, 포함되는 목록 구성도 일본과 흡사했다는 연구 결과도 있습니다.[5] 번역자가 모두 '편집부'인 점만으로도 이 전집이 독자적으로 기획, 번역된 것이 아님은 짐작할 만하지요.

이 전집들에서 또 다른 특기할 만한 점은 동화로 분류되기 어려운 중세 역사소설이나 제국주의 시대의 모험소설, 톨스토이나 쉔케비치, 디킨스 같은 문호들의 대하소설들이 다수 포함되어 있다는 것입니다. 아이들을 위한 본격적인 창작물이 부족하던 시기, 어른 소설이 아이들 읽을거리로 차용되던 현상입니다. 축역이나 번안으로 원형을 잃은 이 책들은 원작 왜곡이라는 그늘도 있겠지만, 아이들에게 다양한 깊이와 폭의 문학을 접하게 하고 어른 문학으로의 안내 역할을 했다는 점에서 새로운 조명을 받을 수도 있을 것입니다.

어린이 책 전집이라고 하면 무엇보다도 많은 사람들에게 향수와 함께 가장 먼저 떠오르는 책이 계몽사 전집 아닐까요. 1959년 첫선을 보인《세계소년소녀문학전집》은 앞선 동국문화사나 학원장학회의 목록과 비교하면 절반 이상 새로운 이야기가 수록되어 있습니다. 무엇보다도 한국 이야기를 포함시킨 점, '장 크리스토프'나 '대위의 딸' 같은 어른 소설을 배제한 점, 세계 전래동화들

---

5) 최애순, 〈1960~1970년대 세계아동문학전집과 정전의 논리〉, 아동청소년문학연구 제11호, 2012

이 수록된 점, 동시와 동극 등 다양한 장르를 수용한 점, '전문 번역가를 내세웠다'고 주장한 점 등에서 이전까지의 전집과 뚜렷한 차별성이 드러납니다. 그 뒤 수많은 전집이 기획되었지만 계몽사 전집에서 크게 벗어나지 못했다는 평을 받을 만큼 계몽사 전집의 파장과 영향은 적지 않았습니다.

50권으로 시작한 계몽사 전집의 초판 목록은 다음과 같습니다.

희랍신화집	호머 이야기	성경 이야기	세계 우화집	영국동화집
보물섬	쟝글북	셰익스피어 이야기	올리버 트위스트	프랑다스의 개
검은 말 이야기	이상한 나라의 애리스	엉클·톰스캐빈	라이락 피는 집	작은 아씨들
톰·소야의 모험	소공자	소공녀	미국동화집	프랑스동화집
집없는아이(상)	집없는아이(하)	월요이야기	십오소년표류기	그림동화집
하우프동화집	날아가는 교실	꿀벌 마야의 모험	알프스의 소녀	사랑의 집
안데르센 동화집	북구 동화집	밤비의 노래	러시아 동화집	이탈리아·스페인 동화집
크오래	피노키오	아라비안나이트	중국동화집	인도동화집
삼국지	수호지	일본동화집	동물문학집	세계명작동시집
세계명작동극집	세계 명작 추리 소설집	한국 고대 소설집	한국 전래 동화집	한국 창작동화집

이 전집은 70년대, 80년대, 90년대까지 증보를 거듭합니다. 그런데 93년도 70권짜리 개정판의 목록을 보면 초판본이 보여 주었던 새로운 시도의 정신은 보이지 않고 오히려 50년대 전집으

로 돌아간 것처럼 보입니다. 〈대장 불리바〉나 〈대위의 딸〉, 〈도련님〉(나쯔메 소오세끼의 〈봇짱〉으로 추정됩니다)같은 어른 소설이 재등장합니다. 동극 장르는 누락되었고요. 심지어 초판본에도 〈엉클 톰스 캐빈〉으로 원제를 그대로 가져왔던 제목이 〈검둥이 톰의 오두막집〉이라는 인종차별적인 용어가 들어간 식민지 시대의 제목으로 바뀝니다. 계몽사 전집이 우리 어린이 책의 역사나 독서 생태에 끼친 영향은 다른 어떤 전집보다 큰 만큼 이 전집의 탄생과 변천, 영향에 대한 더 깊이 있는 연구가 필요해 보입니다.

계몽사 전집 93년도 판본 목록은 다음과 같습니다.

이솝 이야기	영국 동화집	이상한 나라의 앨리스	보리와 임금님	로빈 후드의 모험
보물섬	피터 팬	작은 아씨들	소공자	소공녀
왕자와 거지	돌리틀 선생님 이야기	독일 동화집	그림 동화집	사랑의 집
프랑스 동화집	집 없는 아이	십오 소년 표류기	러시아 동화집	티무르와 그 대원
대장 불리바	태즈메이니아 늑대	닐스의 이상한 여행	황소의 그림자	남유럽 동화집
피노키오	쿠오레	아라비안 나이트	인도 동화집	중국 동화집
일본 동화집	도련님	한국 전래 동화집	한국 고대 소설집	세계 명작 동요 동시집
그리스 신화	호머 이야기	성서 이야기	셰익스피어 이야기	로빈슨 크루소
걸리버 여행기	플랜더스의 개	검은 말 이야기	미국 동화집	검둥이 톰의 오두막집

톰 소여의 모험	아프리카 동화집	동유럽 동화집	알프스의 소녀	꿀벌 마야의 모험
빌헬름 텔	에밀과 탐정	사랑의 요정	말하는 떡갈나무	어린왕자
레미제라블	바다 밑 2만리	안데르센 동화집	북유럽 동화집	방랑의 고아 라스무스
아버지와 아들	대위의 딸	돈키호테	서유기	삼국지
수호지	동남아 동화집	한국 현대 동화집 1	한국 현대 동화집 2	세계 명작 추리소설집

　계몽사 전집이나 그 이전 식민지 시대부터의 번역서들에서 크게 벗어나지 못했던 외국 동화 목록을 다양하게 만든 것은 위인전, 과학동화, 추리소설, 하이틴 로맨스 같은 장르별 전집이었습니다. 규모가 크지는 않지만 10여 권 안팎의 작은 장르 전집들은 어린이 책 생태계를 다양하게 만들었습니다. 정민문화사의 콜럼버스, 프랭클린, 에디슨, 포드, 라이트 형제를 다룬 위인전, 양서각의 시튼, 파브르, 다윈 등을 소개하는 《우량아동도서》 시리즈, 민조사의 〈풋내기 여고생〉, 〈쌍둥이 여대생〉, 〈그리운 연인들〉, 〈제복의 처녀〉 같은 오묘한 제목의 책들이 진 웹스터의 〈키다리 아저씨〉와 함께 들어 있는 《주니어 명작》 시리즈가 60년대 중반에 출간되었습니다.

　1960년대 중반부터 등장하기 시작한 국제아동문학상 수상작 전집 들은, 아마도 일본 전집의 중역본이었겠지만, 당시로서는 세계 어린이 책의 최근 흐름을 확인하게 해 주는 새로운 기획이었습니다. 1963년에 뉴베리 상을 받은 매들린 랭글의 〈시간의 주름〉이 〈수수께끼 왕국〉이라는 낯선 제목으로 1966년 간행된 보음출판사의 《세계아동문학상전집》에 수록될 만큼 발 빠른 행보도 눈에 띕니다. [6] 보음출판사 판본을 시작으로 한 세계아동문학상전집은 여러 출판사에서 비슷비슷한 목록으로 되풀이 출간되다가 70년대 중반 중앙문화사의 30권짜리 전집에서 정점을 찍습니다. 여기서 지금은 대부분 어린이 책의 고전으로 자리 잡은 작품들을 확인할 수 있지요.

이 전집에 수록된 책들은 다음과 같습니다.

대도둑과 꾀보 바보	대도둑 다시 나타나다	빛나라의 탓신다	불구두와 바람샌들	토끼 언덕
이상한 마을	사과나무 위의 할머니	요술 분필	유쾌한 도둑	조그만 마녀
세 사람이 타는 우주선	개구장이 펩스	투명인간이 된 소녀	신기한 모험	은빛 황새
짐 할아버지 안녕하세요	거짓말장이 왕	작은 나귀 그리젤라	얀과 야생마	장난꾸러기 마리켄
사랑스러운 검은 토끼	날아다니는 집	가재바위 등대	태양의 망아지	날아다니는 괴물
다니아저씨의 신나는 이야기	휘파람 부는 루퍼스	작은 물요정	잘 자거라 호세피나	

---

6) 이 책은 제목이 가장 변화무쌍하게 달라진 경우 중 하나일 듯싶은데, 이후의 전집들에서 〈우주에서 돌아온 아버지〉, 〈이상한 정보국〉 같은 제목을 확인할 수 있습니다.

일반적으로 전집에 포함되어 있던 대부분의 작품들은 2000년
대를 전후해 단행본으로 풀려 나옵니다. 독자들은 정식 저작권
계약이 되고 가능한 한 해당 언어 국가의 원전을 바탕으로 전문
번역자들에 의해 다듬어진 이야기들을 만날 수 있게 됩니다. 전
집에 의해 익숙해졌던 많은 작품이 제 얼굴을 드러내면서 친숙하
게 혹은 놀랍게 다른 면모로 확인됩니다. 그런데 중앙문화사 전
집 이후 주목할 만한 중앙일보사의 《세계아동문학상수상작전집》
(80년 출간)은 확인이 어려운 경우가 많습니다.

달려라 케이리 (벨 엘리스. 미상)	숲 속의 동물 회의 (보이로 룬젠. 미상)	고마워요 티머기 (디어도어 테일러. 미상)	주인 없는 개 (J. 스트레인저. 미상)	여보세요, 니콜라! (J. 샤르도네. 프랑스)
우정은 국경을 넘어 (앙뜨완느 루불. 프랑스)	겁장이 타잔 (올레론 키르케 골/ 덴마크)	거인 앨릭스의 모험 (프랭크 허먼. 미상)	빨간 오토바이의 랄프 (비버리 클리어. 미국)	장난꾸러기 레디 (돈턴 버지스. 미상)

어른 소설의 차용이나 옛이야기가 아닌 본격적인 어린이문학
작품, 오래된 고전이 아닌 당대의 작품, 일정 수준의 문학적 성취
를 인정받은 작품이라는 점에서 《세계아동문학상수상작전집》은
비록 대중적으로 널리 퍼지지 않았다 하더라도 독서 생태에 의
미 있는 파장을 던졌을 수 있습니다. 이 전집들의 원전을 파악하
고 어떻게 얼마나 되풀이 간행되었으며, 단행본으로는 어떻게 풀

러나와 어떤 반응을 얻었는지를 따라가는 것도 좋은 연구 주제가
될 수 있을 것입니다.

계몽사 전집 이후 중요한 전집으로는, 그다지 잘 알려져 있지
않지만 국민서관의 《현대세계명작동화》 20권(1980년)을 거론하
고 싶습니다. 이 전집은 규모는 작지만 전통적인 고전은 모두 배
제된 채 새로운 당대 작품들로만 구성되어 있다는 점에서 중요
해 보입니다. 린드그렌의 〈긴 양말을 신은 삐삐〉, 〈블러비의 아
이들〉, 스코트 오델의 〈푸른 돌고래 섬〉, E. B. 화이트의 〈샬롯테
의 거미줄〉, 진 크레이그헤드 조지의 〈줄리와 늑대〉 같은 작품들
이 원제에 충실한 제목으로 소개되고, 윌리엄 스타이그의 〈용감
한 도미니크〉도 포함되어 있습니다. 우리에게 낯선 스웨덴(마리아
그리페 〈줄리와 부엉이 아빠〉), 네덜란드(한다반 스토쿰 〈날개 달린 파슷군〉),
체코(보이체홉스카 〈황소의 그림자〉[7]) 작가들도 있습니다. 가장 반가
운 작품은 알렌 가너의 〈올빼미 접시〉인데, 다른 전집에서도 찾
아볼 수 없고, 지금까지도 단행본으로 나오지 않은 이 이야기를
제대로 다시 볼 수 있으면 좋겠습니다.

그 뒤로는 아이들보다는 어른인 어린이 책 독서가들 사이에서
거의 필수 코스로 언급되는 동서문화사의 에이브(1981년) 88권이

---

7) 에이브 시리즈에 같은 작가의 《마침내 날이 샌다》가 있습니다. 같은 이야기일 가능성이
   높아 보입니다.

있습니다. 메르헨 55권(1983년), 에이스 50권도 있지만 '이들은 마이너'라는 평을 받을 만큼[8] 에이브는 강력하게 인식되어 있습니다. '계몽사 전집과 에이브가 어린이 책의 양대 산맥'이었다는 언급도 수긍할 만합니다. 계몽사 전집이 고전을 집대성하면서 옛이야기, 시, 희곡 같은 장르의 수렴으로 어린이 책의 지평을 넓혔다면, 에이브는 그 이후 세계 어린이 책의 중요한 작품들을 폭넓게 소개함으로써 독자들에게 새로운 시야를 확보해 주었다는 의의를 찾을 수 있습니다. 다만 이 목록이 유럽과 북아메리카 같은 서구 편향적이라는 점[9], 해당 언어 원전으로 전문가에 의해 번역되었는지가 점검되어야 한다는 점 등이 지적될 수도 있을 것입니다.

　에이브에 수록된 작품들은 다음과 같습니다.[10]

---

8) 김용언, 〈아빠가 딸의 손목 자른 이유? 핏빛 동화는 현재진행형〉, 프레시안, 2013년 5월 3일자

9) 국가별 분류를 해 보면 미국 24, 영국 18, 러시아 10, 독일 8, 스웨덴 5, 프랑스 5, 캐나다 5, 일본 3, 이탈리아 2, 체코 2, 아일랜드, 호주, 유고, 네덜란드, 스페인, 오스트리아가 각 1편씩입니다.

10) 이 전집은 동서문화사에서 1981년 1~40, 1982년 41~88권으로 나뉘어 출간된 후 1984년 학원출판공사라는 출판사의 이름 아래 88권이 다시 나왔습니다. 이 목록은 김병철 세계문학번역서지목록총람에 수록된 학원출판공사 출간본입니다. 두 출판사 판본의 차이는 없는 듯합니다.

NO	제목
1	나의 학교 나의 선생 (이탈리아, 조반니 모스카, 허인 역)
2	조그만 물고기 (미국, 에릭 크리스챤 호가드, 박순녀 역)
3	형님 (미국, 제임스 콜리어, 이가형 역)
4	그때 프리드리히가 있었다 (독일, 한스 리히터, 원동석 역)
5	파묻힌 세계 (미국, 앤테리 화이트, 김용락 역)
6	아이들만의 도시 (독일, 헨리 윈터펠트, 오정환 역)
7	큰숲 작은집 (미국, 로러 잉걸스 와일더, 장왕록 역)
8	시베리아 망아지 (러시아, 칼라시니코프, 윤종혁 역)
9	은빛 시절 (러시아, 추코프스키, 박형규 역)
10	막다른집 1번지 (영국, 이브 가네트, 조용만 역)
11	횃불을 들고 (영국, 로즈마리 서트클리프, 공덕룡 역)
12	어머니는 마녀가 아니에요 (독일, 아네 르슨, 유영 역)
13	바닷가 보물 (캐나다, 헬렌 부시, 김인숙 역)
14	마나난 숨은섬 (아일랜드, 앨리스 딜런, 이정기 역)
15	산골마을 힐즈엔드 (호주, 아이반 사우드올, 이경식 역)
16	안네 (독일, 에른스트 쉬니벨, 신동춘 역)
17	매는 낮에 사냥하지 않는다 (미국, 스코트 오델, 신상웅 역)
18	파파 (러시아, 표도로브나, 채대치 역)
19	칼과 십자가 (영국, 피터 카터, 윤태순 역)
20	북극의 개 (러시아, 니콜라이 칼라시니코프, 문무연 역)
21	목화마을 소녀와 병사 (미국, 베티 그린, 이우영 역)
22	마더 테레사 (유고슬라비아, 르 졸리, 허문순 역)
23	삼촌생각 (러시아, 유리 콜리네츠, 최홍근 역)
24	초록 불꽃 소년단 (이탈리아, 엔초 페트리니, 양동군 역)
25	대장간 골목 (체코, 바클라프 제자치, 맹은빈 역)
26	외딴섬 검은집 소녀 (영국 메이벨 에스터 앨런, 문순표 역)

27	여우굴 (미국, 아이반 사우드올, 하종언 역)
28	부엌의 마리아님 (영국, 루머 고든, 홍사중 역)
29	룰루와 끼끼 (일본, 이누이 도미코, 김선영 역)
30	달나라에 꿈을 건 사나이 (독일, 에릭 버거스트, 황종호 역)
31	마지막 인디언 (미국, 디오도어 크로버, 김문해 역)
32	원시림에 뜬 무지개 (러시아, 페초르스키, 유성인 역)
33	이를 악물고 (네덜란드, 체르드 아데마, 석광인 역)
34	초원의 집 (미국, 로러 잉걸스 와일더, 장왕록 역)
35	새벽의 하모니카 (프랑스, 마리안 모네스티에, 방곤 역)
36	우리 어떻게 살 것인가 (미국, 제이 베네트, 도창회 역)
37	작은 바이킹 (스웨덴, 루너 욘슨, 박외숙 역)
38	아버지가 60명 있는 집 (미국, 마인더트 디영, 이태극 역)
39	눈보라를 뚫고 (미국, 수잔 플레밍, 신동집 역)
40	우리들 정글 (영국, 존 로우 타운젠드, 이상준 역)
41	엄마 아빠 나 (미국, 주디 블룸, 이종찬 역)
42	마침내 날이 샌다 (체코, 마야 보이체홉스카, 최창학 역)
43	맘모스 사냥꾼 (미국, 에두알트 쉬돌프, 양광남 역)
44	쥬릴리 (미국, 바바라 스머커, 김계동 역)
45	한밤의 소년들 (스웨덴, 해리 쿨만, 김종 역)
46	바이킹 호콘 (프랑스, 에릭 호가드, 백길선 역)
47	늑대에겐 겨울없다 (독일, 쿠르트 류트겐, 곽복록 역)
48	무인도 소녀 (미국, 스코트 오델, 채훈 역)
49	우리 읍내 (미국, 로러 잉걸스 와일더, 장왕록 역)
50	바람과 모래의 비밀 (영국, 앤 드웨이트, 정동화 역)
51	먼 황금나라 (일본, 야나기야 케이코, 조병무 역)
52	콘티키 (영국, 디오 하이에르달, 조익규 역)
53	태양의 전사 (영국, 로즈마리 서트클리프, 한혜경 역)

3. 단행본으로의 전환, 그리고 지금의 스테디셀러

전집 위주의 어린이 책 시장에 단행본이 주요한 보급 형태로 나타나기 시작한 데에는 아마도 창비아동문고의 영향이 클 것입니다. 전집과 단행본이 혼합된 형태인 이 문고는 1977년 이원수의 《꼬마 옥이》를 시작으로 국내와 국외, 옛이야기와 창작, 픽션과 논픽션, 산문과 운문을 아우르는 다양한 장르의 어린이 책을 순차적으로 발간하였습니다. 국내 작가의 창작품이 주력이었지만 중요한 번역서들을 전집이 아닌 낱권으로 선택 구입할 수 있었습니다. 토베 얀손의 《요술 모자와 무민들》, 톨킨의 《호비트의 모험》, E. B. 화이트의 《우정의 거미줄》, 필리파 피어스의 《한밤중 톰의 정원에서》처럼 잘 알려진 서구 동화뿐 아니라 시카타 신의 《무궁화와 모젤 권총》, 마쯔따니 미요꼬의 《말하는 의자와 두 사람의 이이다》 같은 일본 동화, 중국의 단편 모음집 《왕 시껑의 새로운 경험》, 알키 지의 《니코 오빠의 비밀》 같은 그리스 동화 등 경계를 넓힌 새로운 작품들이 90년대 초까지 이 문고본에 선을 보였습니다.

2000년대를 전후하여 번역서 출간 지형도는 큰 변화를 보입니다. 1996년 제네바에서 협의된 저작권 보호법으로 글 작가든 그림 작가든 저자 사후 50년이 지나지 않은 책의 저작권 계약은 의

무사항이 되었습니다. 일본어판 중역본이나 저작권을 지급하지 않은 일명 해적판 책들은 차츰 자취를 감추었지요. 정권의 변화, 교육 정책의 변화 같은 사회적 요인들이 어린이 책 출판계에 활력을 주었고, 해외여행 자유화 등 문호 개방으로 외국 어린이 책들이 빠른 속도로 유입되었습니다. IMF사태 당시 다른 산업 분야의 퇴조에 반해 어린이 책은 오히려 성장세를 보였고, 이에 많은 출판사들이 아동도서 분야에 뛰어들면서 우선 손쉬운 번역서부터 내기 시작한 것도 번역 동화 봇물 현상을 가져온 원인 중 하나로 간주됩니다. 해리 포터 시리즈의 전 세계적인 엄청난 성공도 번역 동화를 보는 눈을 달라지게 했습니다.

그 이후 현재까지 쏟아져 들어온 수많은 번역 동화를 일별하기에는, 아마도 인터넷 서점의 스테디셀러 목록이 제격일 것입니다. 어른 책에 비해 수명이 길고, 고전의 힘이 큰 어린이 책의 특징이 확인됩니다.

한 인터넷 서점의 최근 스테디셀러 110편의 목록을 정리한 결과는 다음과 같습니다.

모모 (미하엘 엔데)	마법의 설탕 두 조각 (미하엘 엔데)	책 먹는 여우 (프란치스카 비어만)
샬롯의 거미줄 (엘윈 브룩스 화이트)	걱정을 걸어두는 나무 (마리안느 머스그로브)	아낌없이 주는 나무 (어린이용) (셸 실버스타인)

내 이름은 삐삐 롱스타킹 (아스트리드 린드그렌)	칠판 앞에 나가기 싫어! (다니엘 포세트)	행복한 청소부 (모니카 페트)
조커, 학교 가기 싫을 때 쓰는 카드 (수지 모건스턴)	**찰리와 초콜릿 공장(반양장) (로알드 달)**	잔소리 없는 날 (안네마리 노르덴)
화요일의 두꺼비 (러셀 에릭슨)	열두 살에 부자가 된 키라 (보도 섀퍼)	알몸으로 학교 간 날 (타이-마르크 르탄)
프린들 주세요 (앤드류 클레먼츠)	**해리 포터와 마법사의 돌 1 (조앤 K. 롤링)**	노란 양동이 (모리야마 미야코)
해리 포터와 마법사의 돌 2 (조앤 K. 롤링)	멋진 여우 씨 (로알드 달)	리디아의 정원 (사라 스튜어트)
백만장자가 된 백설공주 (로알드 달)	해리 포터와 불의 잔 1 (조앤 K. 롤링)	해리 포터와 불의 잔 4 (조앤 K. 롤링)
해리 포터와 비밀의 방 1 (조앤 K. 롤링)	해리 포터와 불의 잔 3 (조앤 K. 롤링)	해리 포터와 불의 잔 2 (조앤 K. 롤링)
해리 포터와 비밀의 방 2 (조앤 K. 롤링)	까마귀 소년 (야시마 타로)	**마틸다 (로알드 달)**
해리 포터와 아즈카반의 죄수 1 (조앤 K. 롤링)	조금만, 조금만 더 (존 레이놀즈 가디너)	해리 포터와 아즈카반의 죄수 2 (조앤 K. 롤링)
클로디아의 비밀 (E. L. 코닉스버그)	여우의 전화 박스 (도다 가즈요)	**해리 포터와 혼혈왕자 − 전4권 세트 (조앤 K. 롤링)**
초강력 아빠 팬티 (타이-마르크 르탄)	당나귀 실베스터와 요술 조약돌 (윌리엄 스타이그)	**찰리와 초콜릿 공장(양장) (로알드 달)**
학교에 간 사자 (필리파 피어스)	핵폭발 뒤 최후의 아이들 (구드룬 파우제방)	얼굴 빨개지는 아이 (장 자크 상뻬)
우리 선생님이 최고야! (케빈 헹크스)	수수께끼를 좋아하는 아이 (마쓰오카 교코)	져야 이기는 내기 (조지 섀넌)
사자왕 형제의 모험 (아스트리드 린드그렌)	**해리 포터와 불사조 기사단 − 전5권 세트 (조앤 K. 롤링)**	엉뚱이 소피의 못 말리는 패션 (수지 모건스턴)
진짜 도둑 (윌리엄 스타이그)	까만 아기 양 (엘리자베스 쇼)	세 가지 질문 (레프 니콜라예비치 톨스토이, 존 J. 무스)
이 고쳐 선생과 이빨투성이 괴물 (롭 루이스)	사금파리 한 조각 1 (린다 수 박)	**찰리와 거대한 유리 엘리베이터 (로알드 달)**

해리 포터와 혼혈왕자 4 (조앤 K. 롤링)	해리 포터와 혼혈왕자 3 (조앤 K. 롤링)	괴물예설 배우기 (조애너 콜)
냄비와 국자 전쟁 (미하엘 엔데)	해리 포터와 혼혈왕자 2 (조앤 K. 롤링)	해리 포터와 혼혈왕자 1 (조앤 K. 롤링)
개구리와 두꺼비는 친구 (아놀드 로벨)	개구리와 두꺼비가 함께 (아놀드 로벨)	내 친구에게 생긴 일 (미라 로베)
우리 누나 (오카 슈조)	어느날 빔보가 (마르틴 아우어)	제임스와 슈퍼 복숭아 (로알드 달)
트리갭의 샘물 (나탈리 배비트)	빨간 머리 앤 (루시 M. 몽고메리)	화요일의 두꺼비 (러셀 에릭슨)
사금파리 한 조각 2 (린다 수 박)	윔피키드 8 – 절친의 법칙 (제프 키니)	깡통 소년 (크리스티네 뇌스틀링거)
사자와 마녀와 옷장 (C. S. 루이스)	새 학년엔 멋있어질 거야! (베시 더피)	열혈 수탉 분투기 (창신강)
구스범스 1 – 목각 인형의 웃 음소리 (R. L. 스타인)	윔피키드 7 – 큐피드의 법칙 (제프 키니)	나무 위의 아이들 (구드룬 파우제방)
한밤중 톰의 정원에서 (필리파 피어스)	해리 포터와 불사조 기사단 3 (조앤 K. 롤링)	해리 포터와 불사조 기사단 2 (조앤 K. 롤링)
두고 보자! 커다란 나무 (사노 요코)	해리 포터와 불사조 기사단 4 (조앤 K. 롤링)	보이지 않는 아이 (트루디 루드위그)
80일간의 세계 일주 (쥘 베른)	로테와 루이제 (에리히 캐스트너)	해리 포터와 불사조 기사단 1 (조앤 K. 롤링)
왕도둑 호첸플로츠 1 (오트프리트 프로이슬러)	어린이를 위한 우동 한 그릇 (구리 료헤이)	엉뚱한 꼬마 토끼 카르헨 (로트라우트 수잔네 베르너)
해리 포터와 불사조 기사단 5 (조앤 K. 롤링)	나는 선생님이 좋아요 (하이타니 겐지로)	캄펑의 개구쟁이 1 (라트)
숲은 어떻게 만들어지는가? (윌리엄 재스퍼슨)	방귀 만세 (후쿠다 이와오)	평화는 어디에서 오나요 (구드룬 파우제방)
펠릭스는 돈을 사랑해 (니콜라우스 피퍼)	난 뭐든지 할 수 있어 (아스트리드 린드그렌)	윔피키드 1 – 학교 생활의 법칙 (제프 키니)
너, 그거 이리 내놔! (티에리 르냉)	엽기 과학자 프래니 세트 – 전7권 (짐 벤튼)	나쁜 초콜릿 (샐리 그린들리)

빨간머리앤 이야기 – 전3권 (루시 모드 몽고메리)	뚱보, 내 인생 (미카엘 올리비에)	꼬마 백만장자 삐삐 (아스트리드 린드그렌)
그리운 메이 아줌마 (신시아 라일런트)	삐삐는 어른이 되기 싫어 (아스트리드 린드그렌)	내가 나인 것 (야마나카 히사시)
내겐 드레스 백 벌이 있어 (엘레노어 에스테스)	헨쇼 선생님께 (비벌리 클리어리)	

　원서 한 권이 서너 권으로 나뉘어 출간된 우리 번역본의 상황을
감안하더라도《해리 포터》시리즈가 21권이나 올라 있는 것이 가
장 눈에 띕니다. 그 뒤로는 로알드 달의 작품이 7권을 점유합니
다.《찰리와 초콜릿 공장》은 양장본과 반양장본 두 형태의 판본
이 모두 목록 안에 들어 있고요. 린드그렌 5권, 구드룬 파우제방 3
권, 윔피 키드 시리즈 중 3권의 책이 그 뒤를 잇습니다. 미하엘 엔
데, 수지 모건스턴, 아놀드 로벨, 사노 요코, 린다 수 박, 필리파
피어스, 윌리엄 스타이그의 책은 2권씩 올라 있습니다. 미국, 영
국, 독일, 프랑스, 스웨덴 등 서구 편중 현상은 여전히 피할 수가
없군요. 쉽게 읽어 낼 수 없는 서사와 만만치 않은 철학이 들어 있
는 미하엘 엔데의《모모》가 스테디셀러 1위 자리에 있는가 하면
같은 작가의 아이러니 넘치는 경쾌한 소품 판타지가 뒤따라 나오
는 것이 흥미롭습니다.《해리 포터》영향도 있었겠지만, 목록의
절반 이상이 판타지나 우화인 것도 주목할 만합니다.

　90년대 후반 전 세계를 강타한《해리 포터》의 파워는 20여 년

이 가까워지는 지금도 막강하게 자리를 잡고 있습니다. 이 마법 학교 시리즈가 문학적으로 완성도가 있는지에 대해서는 논란이 있었지만, 문화 콘텐츠의 다매체 활용, 다국 수용 시대로 접어든 21세기에는 한 작품이 받아들여지고 평가받는 데 문학적 완성도 이외의 다른 기준들이 다양하게 포진되어 있음은 부인할 수 없는 사실이 되었습니다. 100편 중 절반 정도의 작품이 10명가량의 작가(조안 롤링, 아스트리드 린드그렌, 로알드 달, 미하엘 엔데, 제프 키니, 필리파 피어스, 아놀드 로벨, 루시 M 몽고메리, 수지 모건스턴, 윌리엄 스타이그)에 의해 점유되어 있다는 사실은 작가 파워가 어린이 책 시장에 주요한 요소로 작용된다는 점도 새삼스럽게 확인하게 해 줍니다.

한때 번역 동화가 홍수처럼 밀려들어 와 창작동화 설 자리가 줄어든다는 우려가 나오기도 했습니다. 그러나 백 년 남짓한 기간 동안 우리에게 소개된 외국 어린이 책들은 어떤 의미로든 우리 어린이 책이 자라는 데 중요한 토양 역할을 해 왔다고 말할 수 있을 것입니다. 2000년대를 기점으로 이제 번역 동화 홍수의 기세는 꺾이고 외국으로 수출되는 우리 어린이 책이 늘어나고 있으니, 우리 동화가 외국으로 나가 번역서로서 각종 목록 안에 들어가 분류되고 분석되는 날을 기대해도 좋지 않을까요.